www.bbulmedia.com

Korea Godfather

코리아갓파더

BBULMEDIA FANTASY STORY

Korea Godfather

코리아갓파더

정사부 현대 판타지 소설

contents

1.
미래를 위한 준비

상해 포동공항 영빈관에 성환과 제갈궁이 대화를 나누고 있었다.

모든 일정을 마치고 한국으로 들어가려는 성환의 편의를 위해 제갈궁이 자신의 권력으로 따로 소속을 받지 않고 성환의 수속을 대신하였다.

그리고 성환이 외부에 알려지는 것을 걱정해 이렇게 특별한 손님이 공항을 방문했을 때만 열리는 곳에 수속을 미칠 때까지 대접을 하고 있다.

"곧 마무리될 것입니다. 머물면서 불편한 점은 없으셨습니까?"

혹시나 뭔가 미진한 것이 있었는지 조심스럽게 물어 오는 제갈궁을 보면 성환은 덤덤하게 대답을 해 주었다.

"그런 것 없었다. 그리고 호텔에서의 일 고맙게 생각하고 있다. 전에 이름이 제갈궁이라 했던가?"

"예? 예, 제갈공명의 후예입니다."

제갈궁은 성환이 자신의 이름을 기억하고 있는 것에 조금은 당황을 했지만, 금방 정신을 차리고 자신이 제갈공명의 후예라 자랑스럽게 대답을 했다.

사실 제갈가문이 정말로 삼국지에 나오는 제갈공명의 후손이 맞는지는 아무도 모른다.

그저 그들이 자신들이 제갈공명의 후손이라고 떠들고 있으니 그렇게들 알고 있을 뿐.

한편 자신의 이름을 거론한 것에 대답을 하면서도 무엇 때문에 자신의 이름을 부른 것인지 제갈궁은 그것이 궁금해졌다.

그런 제갈궁의 표정을 읽었는지 가방에서 뭔가 서류뭉치 같은 것을 그에게 던져 주었다.

"받아라."

제갈궁은 성환이 뭔가를 가방에서 꺼내 던지자 엉겁결에 그것을 받았다.

노란 서류봉투는 테이프로 봉인이 된 그 안의 내용물이 무엇인지 바로 확인해 볼 수는 없었다.

다만 느낌상 그것이 서류 뭉치란 것을 짐작할 뿐이다.

자신이 받은 서류뭉치를 무엇인지 이해를 하지 못한 제갈궁은 아무런 말을 하지 않고 성환의 얼굴만 쳐다보았다.

그런 제갈궁의 모습에 성환은 별다른 말없이 간단한 말로 답을 해 주었다.

"아마도 너희 가문에 필요할 것이다. 그리고 15살에서 20살 미만의 똑똑한 아이 5명을 데리고 한국으로 와라."

"네?"

"네가 수고해 준 대가다."

성환은 의문을 품고 자신을 쳐다보는 제갈궁을 향해 그렇게 말을 했다.

사실 성환이 던져 준 서류봉투에는 성환이 백두산에서 얻은 제갈가문의 무공이 수록되어 있었다.

고대에도 그랬듯 제갈가문의 무공은 참으로 특이했다.

다른 가문이나 방파들과 다르게 그들의 무공은 육체 단련보다는 수련을 할수록 머리가 똑똑해지는 것이었다.

즉, 뇌를 훈련시키는 무공이었다.

그랬기에 제갈세가의 사람들은 그 시대로 말하면 천재들이 수두룩했다.

그렇다 보니 사람들에게 그들의 주장대로 제갈공명의 후예가 맞을지도 모른다는 생각을 가지게 만들었다.

실제로 제갈세가의 자손들은 무술을 잃어버린 현대에도 뛰어난 머리로 각계각층에서 활약을 보이고 있다.

다만 예전의 그것보다 많이 떨어졌지만 말이다.

아무튼 고대에 제갈세가의 혈족들이 머리가 똑똑한 이유가 세가에 전해져 오는 특별한 무공 때문이란 것을 백두산에서 알게 되었다.

성환은 백두산에서 자신이 취득한 것들을 다른 사람들에게 알려 줄 생각은 없다.

하지만 그렇다고 은혜를 입고, 도움을 받았으면서 입을 싹 씻을 정도로 몰지각한 인간도 아니었다.

자신이 도움을 받은 만큼 자신의 형편이 나아지면 그들을 돕는 것이다.

성환이 소림사에 나한신공을 전한 것도 그런 이유에서였다.

백두산을 탈출하고 한국으로 돌아가기 위해 도움을 주었던 청명대사와의 인연으로 소림사에 도움을 준 것이다.

물론 금련방은 거래 관계에서 비롯된 것이긴 하지만, 그 이면에는 금련방주의 아들인 양명이 자신과 인연이 있는 소림사와 연관이 있기 때문이다.

양명이 중간에 다리 역할을 제대로 한 덕분에 금련방은 성환의 손에 사라져야 할 입장에서 오히려 전화위복이 되어 발전의 발판을 마련했다.

그저 조금 뛰어난 흑사회 조직 중 하나에 불과했던 금련방은 성환과 좋은 인연을 맺은 덕분에 권력 구도도 탄탄해졌다.

그러니 금련방주로서는 성환에 의해 방이 절단 나 버린 게 더욱 좋게 작용을 하였다.

예전에는 아무리 방주이지만 장로들의 눈치를 보지 않을 수가 없었다.

사사건건 꼬투리를 잡던 장로들이 사라진 덕분에 지금은 자신이 원하는 정책을 모두 펼칠 수 있어 이보다 좋을 수가 없었다.

더군다나 껄끄러운 상대였던 성환이 어떤 것을 좋아하는지 알게 되면서 성환을 상대하는 것이 많이 편해졌다.

아무튼 그런 성환이기에 받은 만큼 아니 상대를 자신의 편으로 들이기 위해 더욱 많은 것을 주었다.

그 때문에 금련방은 성환과 대립을 하기보단 함께 하는 것으로 방향을 잡았다.

제갈궁에게도 마찬가지.

비록 자신을 미행하고 감시를 하던 사람이지만, 이혜연이 해룡방이라는 상해의 흑사회 조직 중 한 곳의 두목급인 권해룡에게 납치되었을 때 도움을 받았다.

물론 성환이 찾으려고 마음을 먹었다면 그의 도움 없이도 찾을 수 있었을 것이다.

비록 세력이 많이 줄긴 했지만 금련방의 세력권 안에 상해도 들어가기 때문이다.

아무리 성환으로 인해 규모가 줄었다고 하지만 본거지인 항주의 근처에 엄청난 부가 쌓여 있는 상해라는 큰 시장이 있는데 그곳을 그냥 둘 금련방이 아니다.

그러니 굳이 제갈궁 아니라도 이혜연의 행방을 알아낼 방법은 있었다.

하지만 그렇게 하면 사업 관계에 있는 양창위에게 빚을 지는 것이고, 또 어쩌면 시간이 늦어 이혜연이 어떤 사고를 당할지 모를 일이다.

그런데 공안인 제갈궁이 나서서 이혜연을 찾는 데 도움을 주었다.

그 때문에 보답을 하려고 생각 중, 제갈궁이 제갈세가의 일원이란 것을 알게 되었다.

그리고 다행히 자신의 수중에는 그들이 좋아할 만한 물건이 있었다.

그래서 지금 제갈궁에게 돌려준 것이다.

도움을 주려면 아낌없이 주라고 했던가.

성환은 제갈세가가 잃어버린 고대의 무공을 밤새 집필한 것도 모자라, 직접 그것을 가르쳐 주기 위해 똑똑한 제자를 보내라는 말을 한 것이다.

아직 성환의 그런 의도를 알지 못하는 제갈궁은 성환의 말에 아직도 의아해할 뿐이다.

"내가 준 것을 제갈가의 어른에게 가져다주면 알 것이다."

"알겠습니다."

성환의 말에 제갈궁은 그저 알겠다는 대답을 할 수밖에 없었다.

대답을 하는 제갈궁을 보고 고개를 끄덕인 성환은 모두 정리했다 생각하고는 눈을 감았다.

그런 그의 모습에 아직도 자신이 들고 있는 것이 어떤 물건인지 모르는 제갈궁은 성환과 자신이 들고 있는 서류봉투만 번갈아 볼 뿐이다.

아마 그가 성환의 말 속에 품은 뜻을 깨닫는 것은 제갈궁이 세가로 돌아가 가문의 수장에게 성환이 준 서류봉투와 성환이 전하라는 말을 들려 준 뒤 일.

지금으로써는 그가 무엇 때문에 그런지 알 수 없어 고개만 갸웃거렸다.

세창은 느닷없이 전화를 해, 낚시터로 나오라는 동기의 전화를 받았다.

진행하던 일이 마무리되고, 후속으로 들어갈 일들을 점검하고 있던 찰나 동기에게 걸려 온 전화에 허겁지겁 약속 장소로 달려왔다.

차에서 내려 낚시터를 살펴보던 세창의 눈에 저 멀리 빈 좌대에 낚싯대가 걸려 있는 것이 보였다.

비록 자리에 없지만, 그곳이 동기가 머물던 좌대가 맞을 것이다.

도로가와도 떨어져 있어 이야기하기도 편할 듯 보였다.

천천히 낚싯대만 걸려 있는 빈 좌대로 걸어가던 세창의 눈에 낚시에 물고기가 걸린 것이 보였다.

"이놈은 낚시를 걸어 놓고 어딜 간 거야?"

낚시에 물고기가 걸렸는데, 자신을 부른 동기가 보이지 않자 일단 뛰어가 낚싯대를 잡았다.

세창이 들어 올린 낚시에는 큼지막한 참붕어가 걸려 있었다.

"어이쿠, 그놈 실하네!"

요즘에는 낚시터에서 월척 크기의 붕어를 보기 힘들었다.

아무리 환경 보호를 외쳐도 환경은 날로 황폐해져 가기만 하다 보니 그렇게 되었다.

한창 낚시에 걸린 물고기를 잡기 위해 씨름을 하고 있는 세창의 뒤로 인기척이 느껴졌다.

"왔냐?"

세창은 뒤에서 말소리가 들리자 한창 물고기를 낚기 위해 신경을 쓰다 자신을 부르는 소리에 놀라 소리쳤다.

"어? 어, 그런데 무슨 일로 날 불렀냐?"

"일단 그거나 걷어 올려라."

무슨 일로 자신을 불렀냐는 세창의 질문에 성환은 별거 아니라는 투로 말했다.

그런 성환의 말에 세창은 할 수 없이 한창 버티기를 하고 있는 물고기에 정신을 쏟아 붕어를 낚았다.

확실히 요즘 보기 드문 대물이었다.

참붕어로 거의 40㎝에 육박하는 큰 놈이었다.

성환은 옆에서 세창이 붕어를 낚는 것을 지켜보다, 그가 잡은 붕어를 얼른 손질해 한쪽에 끓고 있는 코펠에 넣었다.

미리 준비한 것인지 그곳에는 매운탕 거리가 준비되어 있어 물고기가 낚이기만을 기다리고 있었던 듯 보였다.

세창은 매운탕을 끓이고 있는 성환의 모습에 기가 막히기도 하고, 어이가 없기도 해서 그냥 그 모습을 쳐다만 보았다.

그러길 얼마나 했을까?

얼른 성환의 옆으로 가 물었다.

"그래, 무슨 일이야?"

"앉아라."

"음."

자신의 물음에 대답도 않는 성환의 모습에 신음성을 하고는 풀썩 성환의 맞은편에 앉았다.

그의 앞에는 언제 끓었는지 매운탕이 참 맛있는 냄새를 풍기며 끓고 있었다.

"받아라."

느닷없는 말에 고개를 돌리니 성환이 자신을 향해 소주잔을 내밀고 있었다.

"무슨 일인데 그래? 일단 주는 것이니 받기는 하마."

딱!

쪼르륵! 챙!

잔에 소주가 따라지고 아무런 말없이 채워진 잔을 부딪치는 소리가 들렸다.

"캬!"

"윽! 큭!"

소주잔을 기울고 톡 쏘는 소주의 맛을 음미한 두 사람은 누가 먼저라고 할 것 없이 끓고 있는 매운탕에 숟가락을 가져갔다.

"크, 좋네!"

주거니 받거니 두 사람은 왜 이곳에 온 것인지 잊고 한동안 소주잔을 기울였다.

그러기를 또 얼마나 한 병, 두 병.

소주병이 비워지고 어느 순간 끓고 있던 매운탕도 바닥이 드러났다.

그렇게 술도 그리고 안주였던 매운탕도 다 떨어진 뒤에야 두 사람의 대작도 끝났다.

"이제 술도 마실 만큼 마셨으니, 날 이곳으로 부른 용건이

나 들어 보자."

그렇게 바쁜 것은 아니지만, 아직도 할 일이 많은 세창으로서는 얼른 성환에게 용건을 듣고 또 일을 하러 가야만 했다.

그런 세창의 마음을 읽었는지 성환은 품에서 뭔가를 꺼내 그에게 넘겨주었다.

"받아라!"

"이게 뭐냐?"

성환이 건네주는 것을 받아 든 세창은 고개를 갸웃거렸다.

보기에 USB칩임을 알고 있지만, 내용을 알 수 없었기 때문이다.

"이번 중국에 일이 있어 갔다가 우연히 구한 것이다."

"이게 무엇이기에?"

"너도 보면 좋아할 거다."

너무도 단정적인 성환의 말에 USB에 시선을 한 번 주고는 다시 물었다.

"탈로스라고 너도 들어 봤지?"

세창은 느닷없는 탈로스라는 말에 잠시 고개를 갸웃거렸다.

그런 세창의 모습에 성환은 친절하게 다시 설명을 해 주었다.

"아머슈트 말이다."

밀리터리 마니아들이 말하는 명칭으로 성환이 들려 주자 그제야 세창도 방금 전 성환이 탈로스라고 한 것이 무엇인지 깨달았다.

"설마?"

"그래, 그 안에 미국이 개발하던 신형 아머슈트의 설계도가 들어 있다."

"뭐?!"

세창은 자신이 들고 있는 작은 USB칩에 몇 천억 달러의 가치가 있는 물건의 설계도가 들어 있다는 말에 손이 떨렸다.

그런 세창의 모습에 성환은 피식하고 웃고 말았다.

"훗, 뭘 그리 떨고 그러냐."

"그럼 넌 안 떨게 생겼냐?! 이게 어떤 물건인데…… 너 설마?"

"아니, 오해하지 마라. 조금 전에도 말했다시피 그건 이번 중국 출장을 갔다 오면서 우연히 얻은 물건이다."

세창은 혹시 성환이 미국에 몰래 들어가 그들이 연구하던 자료를 몰래 빼 온 것은 아닌가? 하는 의심을 했다.

만약 그것이 사실이라면 한국과 미국 사이에 큰 문제가 발생할 것은 두말할 필요가 없었다.

하지만 분명 자신이 알기로는 성환이 자신이 운영하는 제약사에서 필요로 하는 약제를 수급하기 위해 중국에 간 것으로 알고 있었다.

그런데 생각지도 못한 물건을 자신에게 건네자 놀라 그런 의심을 한 것이다.

하지만 또 이상했다.

왜 미국이 극비로 연구하던 물건이 중국에 있던 것일까?

갑자기 떠오른 의문에 세창의 머리가 복잡하게 돌아갔다.

"아, 모르겠다. 어떻게 된 거냐?"

세창은 생각하던 것을 멈추고 단도직입적으로 물었다.

아무리 생각해도 자신의 머리로는 어떻게 이 물건이 중국에까지 가게 되었는지, 그리고 그런 물건이 어떻게 성환의 손에까지 들어오게 된 것인지 알 수가 없었기 때문이다.

그런 세창의 질문에 성환은 자신이 이 물건을 수중에 넣게 된 과정과 중국 국안부 특급요원인 유월협에게 알아낸 내용을 자세히 들려주었다.

한참 성환의 이야기를 듣던 세창은 너무도 기가 막혔다.

성환의 이야기를 요약하면, 일본의 내각정보국 요원이 동맹인 미국에 몰래 들어가 최신형 아머슈트의 정보를 빼돌렸는데, 그 정보를 알아챈 중국의 국안부 요원이 거래 현장을 급습해 중간에 이것을 얻었다는 말이다.

그리고 신형 아머슈트의 설계도가 들어 있는 USB를 중국으로 가져가기 위해 미국을 빠져나온 국안부 요원을 일본의 내각정보국 소속의 닌자들과 CIA 특수요원이 추적을 해 중국까지 쫓았다는 것이다.

그런데 우연히도 그 근처에 성환이 머물고 있었고, USB를 가지고 있던 국안부 요원이 닌자들에 의해 위기에 처했을 때, 마침 그곳에 유출된 신형 아머슈트의 정보가 담긴 USB를 회수하기 위해 출동한 CIA 특작대가 싸움을 벌일 때, 도망치던 국안부 요원을 성환이 중간에 가로챘다는 말이었다.

그리고 그를 신문해 그가 빼돌린 USB를 가로챘다는 것이다.

세창은 성환의 이야기를 들으며 참으로 기가 막혔다.

현대사회에 닌자가 나오고, 또 이제야 프로토타입이 나오기 시작한 아머슈트를 입은 CIA 특작대가 있다는 말에 너무 놀라 할 말을 잊었다.

"그게 정말이냐? 닌자에, 그, 그……."

"그래, 닌자가 별거냐?"

너무도 태연한 성환의 모습에 세창은 기가 막혔다.

"그럼 넌 그게 안 놀라워?"

"훗, 넌 일본의 닌자는 놀라면서, 전에 내가 진행하던 프로젝트는 생각도 않냐?"

성환은 세창이 하도 어이가 없어 자신이 전역하기 전 정보사령부에서 진행하던 S1프로젝트를 언급하며 물었다.

세창은 성환의 이야기를 듣다 그제야 뭔가 깨달아지는 것이 있었다.

"아! 그럼?"

"그래, 우리도 이런데, 일본에 닌자가 없을라고."

사실 성환은 예전에 그런 생각을 했다.

자신이 백두산에서 기연을 만나고 그것들을 수습하는 과정에서 이 세상에 자신만 이런 것을 알고 있을까, 하는 생각.

비록 성환 자신과는 비교 불가지만, 중국도 그렇고 일본도 자신들의 것을 현대에도 잊지 않고 연구를 하고 있었다.

물론 성환처럼 원본을 그대로 알고 있지 못하기에 전해 내려오는 내용보다 부실한 것이 사실이지만, 중국의 국안부 특급요원인 유월협이나, 일본 내각정보국 닌자들을 보며 그들도 한국처럼 비밀부대를 만들고 있었다는 것을 알게 되었다.

"너무 걱정하지 마라. 비록 숫자에서 우리가 밀릴지 모르지만, 개개인의 능력으로는 S1에 한참 미치지 못한다."

"하지만!"

"아, 무슨 말을 하려고 하는지 잘 알고 있다. 그렇지만 걱정하지 마라! 내가 생각도 없이 그런 말을 하는 것은 아니다. 참! 그리고 중국은 너무 걱정할 것 없다. 이번에 중국에 들어가……."

성환은 자신의 말에 걱정을 하는 세창을 위로하며 그간 자신이 했던 일과 중국에 영향력 있는 이들과 연을 맺은 이야기를 들려주었다.

그리고 그들과 자신의 관계에 대해서도 간략하게나마 이야기를 하며 그들이 중국 내에 어떤 위치에 있는지도 설명을 해 주었다.

그런 성환의 이야기를 모두 들은 세창은 조금은 안심을 한 듯 성환에게 다른 이야기를 꺼냈다.

"그런데 이건 나보고 어떻게 하라고 주는 것이냐?"

"뭐긴 뭐야! 한국도 아머슈트에 관해 연구를 하고 있을 것 아냐?"

"그렇기는 하지."

성환은 자신의 말 때문에 아직도 어리바리한 세창의 모습에 큰 소리로 말을 했다.

"뭐가 그렇기는 하지야! 미국의 최신형 아머슈트의 설계도가 있는데, 그것을 참고로 우리도 아머슈트를 생산해야 할 것 아니냐!"

솔직히 자신이 직접 설계도대로 아머슈트를 만들고 싶은 욕심도 있었다.

하지만 성환은 그런 생각을 과감하게 접었다.

아머슈트는 일반인이 생산해도 될 만한 물건이 아니었다.

비록 민간에도 아머슈트와 비슷한 것이 연구되고는 있지만 한국에서는 아머슈트와 같은 물건을 함부로 만들었다가는 쥐도 새도 모르게 사라질 수가 있었다.

물론 성환 자신의 능력이라면 그런 위험쯤이야 극복할 수 있지만 주변 사람들이 크게 다칠 수가 있기에 그런 생각을 과감하게 접었다.

"그래, 알았다."

성환의 이야기를 들은 세창은 성환이 무슨 의도로 그런 말을 했는지 금방 깨달았다.

확실히 군대를 나간 성환이 만들기는 위험한 물건이기는 했다.

대답을 하고 나니 세창의 머릿속으로 많은 생각들이 지나갔다.

정말이지 그동안 적은 예산을 쪼개 연구하던 물건이 생각지 못한 순간에 수중에 들어왔다.

그것도 자신들이 연구하던 것보다 진보한 미국의 최신형이 말이다.

물론 아머슈트란 물건이 껍데기만 있다고 해서 움직이는 것이 아니다.

그 안에 들어가는 소프트웨어가 중요한 것이지만, 그건 이미 카이스트에서 완성이 되어 있다.

참으로 웃긴 일이 아닐 수 없었다.

하드웨어가 완성되기도 전에 소프트웨어가 개발완료된 상황이니 말이다.

하지만 이제는 걱정이 없었다.

사실 국군정보사령부의 장교인 세창은 미군이 극비리에 아머슈트를 운용하고 있다는 정보를 가지고 있었다.

하지만 워낙 비밀에 쌓여 있어 그 실체를 알지 못하고, 또 부러워만 하고 있었는데, 자신의 손에 그 실체가 들어왔으니 절로 흥분이 되었다.

아머슈트를 입고 전장에서 싸우는 실전요원은 아니지만 그래도 군인인 그에게 아머슈트는 꿈이었다.

그 꿈에 한발 걸쳤다는 것이 세창을 흥분시키고 있었다.

◈　　◈　　◈

KSS경호 본사 성환의 사무실에 많은 사람 사람들이 모였다.

좁은 공간에 많은 사람들이 있다 보니 작은 소리에도 사무실은 무척이나 부산했는데, 이들이 이곳에 모인 이유는 성환이 중국 외유 중일 때 밀렸던 보고를 하고 있었다.

"2/4분기 손질은, 총수입 80억, 총지출이 28억 발생했습니다. 그리고 인건비 1억 5천, 해서 순이익이 50억 5천만 원입니다."

한 명이 보고를 하며 나오자, 또 다른 사람이 나서서 자신들의 영업 이익에 관해 보고를 하고 있었다.

최진혁을 필두로 서울연합이 연합에 내놓은 수익금부터, 각 지역 조직에서 보내 온 수익금과 성환이 합법적으로 운영하는 KSS경호와 선인제약까지 성환이 관여한 모든 사업의 결산이 벌어지고 있었다.

마지막으로 최진혁의 샹그릴라호텔의 영업에 관한 보고가 모두 끝나자 성환이 한마디했다.

"흠, 이번에도 열심히 해 준 것 같군! 그런데 대전과 전라도 쪽이 아직 정리가 덜된 것 같은데, 어떻게 된 것이지?"

다른 것은 다 계획대로 일이 진행이 되어 안정적으로 수익을 내고 있어 마음이 놓이지만, 시간이 한참이 흘렀는데, 아직도 대한민국의 암흑가가 통일이 되지 못했다.

성환은 중국에 들어가면서 최진혁에게 김용성의 도움을 받아서라도 모든 일을 마무리하라는 지시를 내렸었다.

중국에서 돌아오고 또 최세창에게 전해 줄 물건이 있어 이쪽에 신경을 쓰지 않았다.

진혁에게 처음 지시를 내린 것이 올해 초.

벌써 올해도 전반이 넘어가 7월 말이나 되었다.

그런데 아직 대전과 전라도 세력을 통합하지 못하고 아직도 지지부진한 상태였으니.

"이유가 뭐냐?"

성환의 질문에 최진혁은 잠시 망설이다 대답을 했다.

"그것이, 대전은 세력들이 고만고만해서 그들을 통합해

이끌 만한 인물이 없습니다. 그리고 전라도 쪽은 그와 반대로 세력은 작지만, 세력 하나하나가 만만한 곳이 없습니다."

세창의 보고에 성환이 잠시 눈을 감고 고민을 했다.

대전은 누군가 파견을 보내면 되지만, 전라도는 그렇지 않았다.

능력은 있는데, 다른 조직을 아우를 만한 특출한 인물이 없다는 것이 문제였다.

확실히 전라도는 오래전부터 많은 차별을 받아 온 지역이다 보니 외부세력에 대한 항쟁이 서울만큼이나 심한 지역.

서울이야 나라의 중심이니 그 경쟁이 심하지만, 전라도는 어느 지역 할 것 없이 토박이들이 텃세가 심했다.

그런 곳을 다른 곳과 마찬가지로 한데 묶어서 관리를 하려고 하니 그 지역 조직들이 단합해서 반발을 하고 있는 것이다.

한참을 고민하던 성환은 고개를 들어 진혁에게 지시했다.

"동대문의 창식이 좀 불러라!"

"문창식 말씀이십니까?"

"그래!"

"알겠습니다."

성환의 지시에 진혁은 밖으로 나가 동대문파에 연락을 해 문창식을 불렀다.

성환이 문창식을 부른 것은 별거 없었다.

그가 바로 예전 신호남파의 2인자로 있다가 성환에 의해 신호남파가 해체되고, 동대문파와 통합이 되면서 호형호제 하던 동대문파의 두목인 창근의 밑으로 들어갔다.

그래서 이번 기회에 문창식을 전라도 지역을 관리하는 관리자로 앉히려는 생각이었다.

그래도 그 지역 출신이 관리자로 간다면 크게 반발하진 않을 것이고, 문창식 또한 대조직이긴 하나 서울연합에 속한 지역의 2인자보다는, 지방의 연합장이 되는 게 훨씬 나을 것이기에 자신의 제안을 흔쾌히 받아들일 터.

문창식을 호출하고 다른 안건으로 넘어갔다.

"그 문제는 일단 창식이 올 때까지 밀어 두고, 내가 알아보라고 한 것은 어떻게 됐나?"

성환은 금련방으로 떠나기 전 심재원에게 학교 부지를 알아보라고 지시를 내렸다.

소림사에 다녀오면서 봤던 소림학원의 모습에서 느낀 것을 실천하기 위해 한국에 민족학교를 설립하고, 자신이 알고 있는 것들을 체계적으로 가르치기 위해 학교 설립과 부지선정에 관한 지시를 내린 것이다.

"용인과 파주 그리고 태백에 부지를 구입했습니다. 그런데, 선생과 학생을……."

심재원이 무슨 말을 하려는지 짐작할 수 있는 대목이었다.

사실 학교 부지를 구입하는 것은 생각보다 쉬웠다.

돈만 있으면 구입할 수 있는 것이 땅이니 성환이 벌이고 있는 사업이나 조직들에서 내는 수익금을 생각하면 충분했을 것이다.

"일단 부지를 마련했으면 공사 진행해, 나머진 내가 알아서 준비할 것이니. 참, 너희들 중에서 몇 사람은 실기교사로 빠져야 할 것이다."

성환은 특별경호팀에서 미리 언질을 줬다.

소림사처럼 성환도 자신이 설립하는 학교에 자신이 알고 있는 무공은 물론이고, 인성교육을 위해서도 투철한 애국심을 가진 특별경호팀의 경호원들을 실기교사로 쓰려는 계획이었다.

KSS경호에 많은 경호원들이 있고 또 과거를 청산했다고는 하지만, 그들의 내면에 어떤 마음이 남아 있을지는 아무도 모르는 것이다.

갱생도에서 특별경호팀에게 교육을 받아 그들이 과거의 잘못을 뉘우치고 새로운 삶을 살고 있기는 하지만, 일단 그들이 학생들을 가르친다는 것은 말이 되지 않았다.

사실 그들은 학력도 되지 않을뿐더러 남을 가르치는 일을 할 정도의 소양도 없었기 때문이다.

반면에 특별경호팀의 경호원들은 그렇지 않았다.

기본 전문대 졸업을 했을 뿐 아니라, 방송통신대를 이용해

4년제 대학 학력을 취득했고, 또 석사 학위까지 가지고 있는 인재들이니까.

그런 인재들을 그저 경호원으로만 활용한다는 것은 어쩌면 재능 낭비일 수도 있는 일.

물론 그들의 능력을 봤을 때 단순한 실기교사로 활용하는 것도 재능 낭비일 수도 있으나, 언제까지 대기를 하는 것보다는 그래도 미래 인재 양성을 위해 힘을 쓴다면 최선은 아니지만, 차선은 되는 일이지 않겠는가?

이런 생각으로 성환은 심재원에게 그의 밑에 있는 특별경호팀에서 인원을 차출할 것을 지시했다.

성환이 설립하려는 대안학교는 단순히 자신이 알고 있는 무공을 가르치는 것에 그치지 않고, 대한민국에 꼭 필요한 인재를 양성하는 것이 궁극적인 목표.

현 대한민국의 교육은 너무도 잘못되어 있다.

교육이란 미래의 인재를 양성하는 것이 목표인데, 대한민국의 교육은 어느 순간부터 대학을 가는 것이 목표가 되어 버렸다.

또 대학을 나와서도 문제였다.

대학 간에도 순위를 매기고, 또 지방서 수도권 그리고 인 서울을 나눠 차별을 하고 있었다.

대학을 나와서도 인재가 아닌 그저 간판, 자신의 스펙 그 이상도 이하도 아니었다.

성환이 생각하기에 이런 교육기관은 필요가 없었다.

그래서 자신이 필요로 하는 인재, 미래에 대한민국이 초일류 국가가 되기 위해 필요한 인재를 양성하기 위해 나라에 인의(仁義)와 배려(配慮)심이 있는 인재, 조국을 위하는 애국심이 있는 인재를 양성하는 것이 목표다.

그러기 위해선 자신이 원하는 방향으로 배움이 필요한 아이들을 직접 양성하기로 정했다.

그리고 가장 민감한 시기인 청소년기의 청소년들을 교육시킬 국방부 직할부대 및 기관을 만들기로 작정을 하였다.

중, 고등학교 시절이 청소년들의 인격 형성에 얼마나 중요한 시기인가?

그런데 현대 학교 교육은 인격 형성이나 자의식 고취시키기보다는 그저 대학을 목표로 공부하는 기계를 양산하고 있는 실정이다.

이런 교육의 결과로 소시오패스가 양산되었다.

자신의 목적을 위해선 무슨 짓을 해서라도 이루려는 도덕적 불감증 환자들이 늘었다.

단순히 지나가다 어깨를 부딪쳤다는 이유만으로 칼부림을 하고, 유산을 조금 더 일찍 받기 위해 부모를 살해한다거나 하는 등의 비윤리적인 범죄자들이 나타났다.

성환은 이런 것을 바로잡기 위해서라도 일반적으로 대학을 목표로 하는 교육이 아닌 인격완성을 목표로 하는 교육 기관을 만들려는 것이다.

"학생들 모집은 일단 소년소녀 가장들을 우선으로 하고, 그 다음은 결손가정과 생활보호대상자를 대상으로 뽑도록 해!"

"알겠습니다."

성환은 이제 겨우 부지 선정과 공사에 들어가는 대안학교의 학생 선정에 형편이 어려운 소년소녀 가장이나 결손가정 등 사회의 관심이 필요한 이들을 우선으로 선발하도록 했다.

"참! 이왕 만드는 김에, 전라도와 경상도 쪽에도 한 곳씩 설립하는 것으로 하지."

"네, 알아보겠습니다."

비록 자신이 모든 이들을 행복하게 해 줄 수는 없지만, 최선을 다할 생각이다.

어차피 대안학교를 설립하는 데 들어가는 돈은 대한민국을 좀먹고 있는 조직폭력배들의 주머니에서 나오는 것이 대부분이니, 이렇게라도 그들이 행한 죄를 사회에 환원하는 차원에서 미래 인재 양성을 위한 대안학교 설립에 사용하는 것이다.

대안학교 설립에 관해 이런 저런 이야기를 하고 있을 때, 밖에서 문창식이 도착했다는 보고가 들어왔다.

똑똑!

"호출한 문창식 이사가 도착했습니다."

조폭이긴 하지만 예전처럼 형님이니 두목이니 그런 단어보다는 일반인들에게 위화감을 주지 않기 위해 조폭들도 자신들을 부를 때는 회사 간부들처럼 불렀다.

그리고 동대문파의 넘버 2인 문창식은 이사라는 직함으로 불리고 있었다.

하긴 그렇게 불려도 그리 틀린 말도 아니니까.

현대의 조폭들은 이미 기업화가 가속되고 있고, 성환도 조직들을 통합하면서 그들이 더 이상 음지로 영역을 확대하기보다, 그들이 가진 사업들을 양지로 양성화 하도록 방향을 지시했다.

그래서 조직들은 새롭게 사회에 나오는 멋모르는 청소년들을 조직으로 끌어들이기보다는 일부이긴 해도, 정상적인 사업체를 꾸리고 대학 졸업생들을 직원으로 맞았다.

아무튼 호출한 문창식이 들어오고 회의는 다시 전라도 조직들의 통합에 관한 일로 접어들었다.

"뭐야! 실패했다고?!"

쾅!

미국 CIA 본부의 한 사무실에서 큰 소리가 들렸다.

CIA 국장인 존 하워드는 유출된 신형 아머슈트의 설계도를 회수하기 위해 극비인 특작팀까지 파견을 보냈다.

일반 요원도 아닌 특작팀을 적국이나 마찬가지인 중국으로 침투시키기 위해선 얼마나 많은 자금이 들어가는지 상상할 수도 없을 정도.

그런데 그렇게 막대한 자금을 들여 특작팀을 파견했는데, 작전에 실패를 한 것이다.

아니, 하다못해 그것을 파괴라도 시켰다면 다행인데, 그렇지도 못하고 엉뚱한 곳에 뺏겨 버렸으니.

그나마 다행이라면 물건이 다른 곳이 아니라 한국에 넘어갔다는 것이다.

잘만 하면 신형 아머슈트의 비밀이 밝혀지기 전에 회수할 수도 있을 것 같았으나, 그게 쉽지만은 않을 것 같았다.

예전이라면 한국은 사실 미국의 봉이나 마찬가지였다.

그런데 어느 순간부터 그들이 자신들의 말을 듣지 않고 독자적인 노선을 취하는 경향을 보이고 있었다.

물론 아직까지 한국의 정치인들은 미국을 구세주로 여기며 말 잘 듣는 강아지마냥 꼬리를 흔들고 있다.

참으로 한심한 위인들, 하나 미국의 이익을 대변하는 CIA 국장의 입장에서는 참으로 환영할 만한 자세였다.

이번 일도 그렇다.

한국에 심어 놓은 스파이가 아니었다면 물건이 한국으로

넘어갔는지도 몰랐을 정도로 너무도 의외였다.

자신들이 파악하기론 당시 신형 아머슈트를 둘러싼 각국의 정보기관 중 한국은 없었다.

일본의 내각정보국과 중국의 국안부가 연관이 있었지 한국의 국정원은 그 일과 전혀 상관이 없었다.

그런데 결과는 한국이 물건을 가로챘다.

어떻게 된 것인지 알 수는 없지만 결과는 그렇게 되었다.

이것 때문에 CIA 내부에서는 엄청난 소요가 일었다.

도대체 한국의 어떤 기관에서 움직였기에 자신들도 모르게 그것을 가져갈 수 있었는지 알 수가 없었기 때문이다.

사실 CIA의 감시망은 세계 최강이다.

전화는 물론이고, 무선통신, 팩스, 인터넷, 이메일까지 모든 통신분야에 관해서 감청이 되고 있다.

뿐만 아니라 세계 각국의 정보기관이나 정부기관 내부에도 미국을 위해 일하는 스파이들이 포진되어 있다.

그런데 그런 감시망을 피해 신형 아머슈트의 설계도를 빼돌린 것이다.

이 때문에 혹시 CIA 내부에 이중첩자가 있는 것은 아닌지 감사가 들어갔다.

느닷없는 감사로 각국이 CIA에 심어 놓은 스파이를 찾아내는 데 성과가 있긴 했지만, 한국의 요원으로 보이는 스파이는 찾지 못했다.

그게 없어서 그런 것인지 아니면 너무도 감쪽같이 숨어 있어 찾지 못한 것인지는 알 수 없으나, 일단 한국에서 파견한 스파이나 한국에 포섭된 요원은 없는 것으로 파악되었다.

그렇다면 어떻게 된 일일까?

고민을 하다 일부에서 한국지부의 태만이란 말이 나오게 되었다.

그 말이 나오기 무섭게 한국지부장인 칼론 제임스가 호출이 되어 CIA 본부에 출두하기도 했다.

하지만 결론은 내지 못했다.

한국지부장인 칼론 제임스는 자신이 맡은 임무에 충실히 임하고 있음이 증명되었기 때문이다.

그런데 칼론 제임스는 잠시 망설이다 한마디를 하고 한국으로 돌아갔다.

그때 그가 한 말은 요주의 인물인 제로에 관한 이야기였다.

한국 정보부 요원은 아니지만 당시 제로가 현장과 가까운 곳에 위치해 있었다는 말이었다.

아무튼 어떻게 물건이 한국으로 들어갔는지 의심이 되는 정보가 들어오긴 했지만, 작전이 실패한 것도 사실이기에 그동안 건방을 떨던 특작팀에게 한마디를 하기 위해 그들을 호출해, 이렇게 고함을 지르는 중이다.

국장인 존 하워드의 호통을 듣는 오웬의 표정이 구겨졌다.

임무에 실패한 것도 짜증이 나는데, 생각지도 못했던 이들에게 물건을 빼앗겼다는 사실이 더욱 화가 났다.

'젠장! 잽들에게 방해를 받은 것도 열 받는데, 노랭이에게 물건을 빼앗기다니!'

오웬 하트는 그날 호텔에서 자신들을 막아선 일본의 닌자들을 처리하지 못한 것에 무척이나 화가 나 있었다.

그러면서도 그날 그들도 자신들이 회수하려던 아머슈트의 설계도를 차지하지 못했다는 것에 안도했다.

중국이 많이 발전하긴 했지만 그들의 기술로는 설계도대로 아머슈트를 만들지 못할 것이라 생각하고 있었기에 임무 실패에 관해 그리 걱정하지 않았다.

그저 다음에 설계도를 빼돌린 곳이 밝혀지면 그때 찾아가 모두 파괴하면 된다는 생각을 하고 있었다.

그런데 그런 자신의 생각을 비웃기라도 하듯 그 물건이 엉뚱한 곳에서 발견이 되었다.

생각지도 않은 한국에서 설계도가 발견된 것이다.

그것도 다른 곳이 아니라 한국군의 중심부에 있는 국방 과학 연구소에서 발견된 것이다.

이 때문에 CIA가 뒤집어졌고, 또 자신이 불려 오게 되었다.

오웬은 지금 국장이 하는 말이 하나도 귀에 들어오지 않았다.

그저 금간 자신의 자존심을 어떻게 회복할 것인지 그것만이 그의 머릿속을 가득 메웠다.

2.
각국 정보국들의 움직임

CIA에서 어떤 일이 있는지도 모르고 성환은 곧 있을 기공식에 참석을 했다.

성환이 만드는 대안학교는 그 일에 참여하는 많은 사람들의 관심을 받았다.

사실 성환은 한꺼번에 세 곳이나 되는 대안학교를 설립한 것도 모자라, 두 곳이나 더 준비한다는 것 때문에 많은 이들이 반발할 줄 알았다.

하지만 그런 우려와 다르게 성환의 밑에 있는 아니, 정확하게는 제압당한 조폭들이 생각과 다르게 성환이 건립하려는 대안학교에 대하여 적극적이었다.

그 때문에 한때 그들이 무엇 때문에 자신보다 더 적극적인가 고민을 할 정도였다.

하지만 나중에 그 내막을 듣고 난 뒤에야 그들이 대안학교에 대하여 적극적으로 호응하는 이유를 알게 되었다.

사실 조폭들도 가족은 있다.

결혼도 하고 자식도 낳고 한다.

그리고 남들에게야 무서운 깡패지만, 가족에게까지 깡패는 아니었다.

한때 욱하는 성격이나 아니면 겉멋으로 때문에 남들이 추켜세우니, 그것이 대단한 것으로 또는 의리라는 이상한 생각으로 조직폭력배의 길로 들어섰다고는 하나, 자식만큼은 결코 자신과 같은 길로 들어서는 걸 두려워했다.

하지만 아무리 부모가 그렇다고 자식이 부모 마음처럼 그 말을 따르는 것이 아니란 사실을 그들도 깨달았다.

보고 배운 일이 그것이니, 그들의 자식들도 학교에서 문제를 일으키기도 하고, 또 패거리를 이뤄 동급생들을 괴롭히기도 했다.

다만 뒤에 두려운 조폭 아버지가 있어 별다른 제재를 받지 않아 더욱 안하무인이 되었다는 게 그들과 달랐다.

아니, 더욱 영악해졌다고 해야 할까?

자신들의 나이 어림을 무기로 조폭보다 더한 행동을 하기도 했다.

그런 자식이지만 그들의 눈에는 너무도 예쁘고 귀여운

자식일 뿐이다.

하지만 그러면서도 자식의 미래가 걱정이 되지 않는 것은 아니었다.

그대로 성인이 된다면 온전한 정신을 가진 이로 성장하지 못할 것만 같았다.

그러다 정말로 회장—성환—님과 같은 이에게 걸려 호되게 당한다면 어떻게 될지 정말이지 걱정이 앞섰다.

그 예로써 서울연합의 수장 최진혁의 동생 최종혁이란 좋은 본보기가 있었다.

만수파의 둘째 최종혁에 관해서는 모르는 이들이 없었다.

어려서부터 망나니, 개고기로 유명했으니까.

미성년일 때부터 아버지 배경을 믿고 동급생은 물론이고, 연예인까지 건드리고 다녔다.

그러다 병신이 되었다는 소문을 들었다.

나중에야 그것이 회장의 손에 그렇게 되었다는 것을 알게 되었다.

그러니 차라리 이번 기회에 차마 자신의 손으로 바로잡지 못하는 자식들을 올바른 인간으로 만들고, 한편으로는 성환이 만드는 학교이다 보니 아무래도 성환이 얼굴을 들이밀 게 분명할 터, 그때 성환의 눈에 띄어 좋은 자리에 오르면 일석이조라 생각했다..

이런 생각이 그들의 저변(底邊)에 쌓이다 보니 성환이 건립하려는 대안학교를 만드는 일에 적극적으로 임하는 것이다.

그리고 대안학교 건립에는 이들 말고도 군에서도 많은 관심을 가지고 있었다.

그것은 성환이 최세창을 통해 대안학교를 만드는 이유를 살짝 흘렸기 때문이다.

소림사와 인연이 있어 중국에 갔다가 소림사가 거대한 학원을 어떻게 운영하고 있고, 또 그들을 통해 어떻게 중국에 영향력을 행사하는지 들었기 때문이다.

더욱이 성환이 건립하는 학교에서는 성환이 알고 있는 무술을 기본으로 가르칠 것이란 이야기를 들었다.

성환은 누가 뭐라고 해도 대한민국이 건국된 이래 최고로 우수한 군인.

기본 스펙도 스펙이지만, 그의 신체 능력은 측정불가라 판정이 될 정도로 엄청났다.

그리고 성환이 양성하던 S1대원들도 이미 군 장성들에게 증명이 되었다.

평가전에서 한 개 분대 인원으로 특전사 부대를 아무런 피해 없이 처리했다.

그런데 그런 특수대원을 양성할 수 있는 성환이 어린아이들을 데리고 장기간 교육을 시킨다면 어떤 결과를 나타낼지 아무도 예측할 수 없었다.

물론 군에서 S1프로젝트에 투입한 정도로 엄청난 물량을 아이들에게 투입하진 않을 것이지만, 그것도 모르는 일이다.

자고로 무공이란 어려서부터 익혀야 한다는 게 기본 상식.

비록 S1프로젝트에 투입된 대원들이 모두 군에서 최고의 엘리트 대원이었으나, 그래도 성인이 된 상태에서 프로젝트에 투입이 되었기에 진정으로 S1프로젝트의 효과를 100% 나타냈다고 볼 수도 없었다.

이런 판단에 군에서도 성환이 건립하는 대안학교에 관심을 가지고 차후에 졸업생이 나오면 좋은 조건으로 군에 스카웃하려는 계획도 세워 두고 관심 있게 지켜보는 것이다.

성환도 이러한 사정을 알지만 그건 나중의 일이었다.

아이들이 자신이 세운 학교에서 제대로 배워 나간다면 졸업을 한 다음의 진로는 그들의 선택에 달린 문제였다.

자신은 그저 아이들이 올바른 선택을 할 수 있는 길을 제시할 뿐이지 억지로 그들의 삶을 강요할 생각은 없었다.

학교를 졸업하고 그들이 배운 것을 제대로 써먹을 수도, 아니면 그와 무관한 삶을 살 수도 있겠지만, 그건 그들의 선택이고 그들의 삶인 것이다.

대안학교의 기공식을 참석하며 성환은 부지에 첫 삽을 뜨며 공사 시작을 알렸다.

"정 사장! 좋은 일 하는군!"

학교 건립 현장에 이례적으로 육군 참모총장인 이기섭 총장이 참석을 하였다.

그는 성환의 옆에서 기공식 행사를 같이 하며 덕담을 던졌다.

"아닙니다. 그저 돌아보면 주변에 어려운 형편 때문에 공부를 하고 싶어도 하지 못하는 아이들이 너무도 많더군요. 그런 아이들에게 조금이나마 도움을 줄 수 있는 능력이 있으니 나섰을 뿐입니다."

"그게 좋은 일 아니겠습니까?"

성환과 나이 차이가 한참 나지만 이기섭 총장은 성환에게 존칭을 써 주며 대화를 했다.

비록 성환이 군대를 나와 신분이 다르다고 해도 이기섭 총장과 성환의 연배는 20년이나 나고 있었다.

그런데도 이기섭 총장은 성환이 결코 쉽게 생각할 만한 사람도 아닐뿐더러 이런 사람은 그만한 대우를 받아야 한다고 생각했기에 존칭을 사용하며 대화를 하는 것이다.

막말로 대한민국에 성환보다 돈 많은 부자는 무수히 많다.

하지만 자신의 재산을 사회에 환원하는 부자들은 몇 없었다.

아니, 그보단 한 푼이라도 더 벌기 위해, 아니, 정당한 세금조차 내지 않기 위해 여러 가지 불법적인 일을 하고 있다.

그렇게 외부로 빼돌려진 불법자금으로 호화생활을 영유했다.

국내에서는 애국을 강조하며 국산품을 사용해야 애국자라는 인식을 사람들에게 주입하면서 그들은 자신들의 말과 다르게 그렇게 국민들의 희생을 전제로 향응을 즐겼다.

그것이 우리나라 상류층의 모습.

그에 반해 성환은 비록 조폭들에게서 자금을 들여오긴 했으나, 불우한 청소년을 위해 학교를 설립해 무상교육을 실천하는 것이니 이기섭 총장도 그것을 칭찬하는 것이다.

옛 말씀에 개처럼 벌어 정승 같이 쓰라는 말이 있다.

이런 식으로라도 조폭들이 벌어들인 돈을 좋은 일에 소비한다면 좋은 것 아니겠는가?

이기섭 총장도 이미 삼청프로젝트가 어떻게 진행이 되고 있는지 보고를 받고 있기에 지금까지 성환과 최세창이 주도적으로 진행을 하고 있는 삼청프로젝트의 성공에 무척이나 기꺼워하고 있었다.

그런데 이렇게 생각지도 못한 곳에서 더 좋은 결과를 내고 있으니 이기섭 총장의 입가에 절로 미소가 어렸다:

성환과 이기섭 총장이 이야기를 하고 있는 중에도 학교 건립 행사는 계속해서 진행이 되고 있었다.

이들의 주변으로 많은 사람들이 모여 있었는데, 그중에는 M&S엔터의 사장인 이혜연이나 소속 연예인들이 대거 행사장에 모습을 보이고 있었다.

연예인들이 보이니 당연 기자들도 상당수 이들을 취재하려고 모여 북새통을 이루었다.

◆　◆　◆

"삼촌, 그런데 왜 중, 고등학교만 만들어요? 이왕이면 대학교도 만들지?"

기공식이 끝나고 귀빈들이 바쁜 일정 때문에 떠나자 그제야 성환의 근처로 다가온 아영이 자신의 궁금한 것을 물었다.

확실히 중, 고등학교를 설립하는 것보다는 대학교를 설립하는 일이 사회적으로 인정을 받는다.

"왜, 삼촌이 대학교도 하나 만들까?"

아영은 갑자기 성환이 자신의 궁금증을 해결해 주기보다는 대학교를 무슨 빵집에 빵을 찍어 내듯 만들겠다는 말을 하자 눈을 동그랗게 뜨며 놀랐다.

"정말이요?"

성환은 자신의 말에 놀라며 눈을 동그랗게 뜨는 아영이 너무도 귀여워 이마에 살짝 꿀밤을 주고는 말을 했다.

"요 녀석아! 대학교는 아무나 세우는 것인 줄 아냐!"

"아얏!"

그런 두 사람의 그런 격의 없는 모습을 일부 기자들이 카메라에 담았다.

찰칵! 찰칵!

그런 기자들의 카메라 세례가 그리 달갑지 않았지만 기자들이야 그것이 일이니 그냥 놔두었다.

다만 그들이 그것을 가지고 가십 기사를 쓴다면 그때는 그만한 대가를 치르게 해 줄 용의는 있었다.

하지만 그런 성환과는 다르게 신경을 쓰는 사람이 있었다.

그건 다름 아닌 같은 트윙클 멤버인 수영이었다.

이제는 국내는 물론이고, 외국에도 얼굴이 알려진 스타였다.

그러니 행동거지를 조심해야만 했다.

언제 어느 때, 사람들에게 가십거리로 전락할지 모르기 때문이다.

연예계의 인기란 사실 비눗방울과 다름이 없었다.

크게 부풀었다가도 한순간에 사라지는 부질없는 것이다.

하지만 자신들은 그런 허상을 먹고 사는 연예인이기에 조금이라도 그런 거품 같은 인기라도 오래 지속되도록 노력을 해야만 했다.

"아영이 너! 내가 좀 조심하라고 했지!"

"어, 언니!"

"이것아 지금 여기에 우리들만 있는 것이 아니라 삼촌 손님들도 있고, 기자들도 있다고 내가 조심하라고 했지?"

"응, 그런데 너무 궁금하잖아! 그리고 뭐, 아까 언니도 삼촌이 대학교도 설립했으면 좋겠다고 했잖아!"

아영은 자신을 혼내는 수영에게 변명을 하면서 다른 한편으로는 반격을 했다.

"그, 그러긴 했지만, 아무튼 좀 조심해!"

"알았어!"

조금은 티격태격하면서도 아영은 언니인 수영의 말에 수긍을 했다.

사실 성환에게 질문을 하면서도 기자들이 카메라를 찍는 소리를 듣고서야 아차! 하는 생각이 들었다.

뭐 자신이야 연예인이니 그런 가십쯤이야 으레 따라다니는 것이니 신경을 쓰지 않겠지만 삼촌은 달랐다.

삼촌은 연예인도 아닐뿐더러 어려운 상황에 있던 자신들을 도와준 고마운 사람이었다.

그런 삼촌을 곤란하게 만들고 싶지 않았는데, 카메라 셔터 소리에 자신이 어떤 실수를 하였는지 깨달았다.

그래서 자신을 혼내는 수영에게도 별다른 말을 하기보단 약간의 변명과 함께 잘못을 인정했다.

"수영아, 아영이 너무 혼내지 마라. 네가 걱정하는 그런 일은 일어나지 않을 거다."

수영의 생각을 잘 알고 있는 성환은 수영에게 안심시켰으나 그건 성환이 아직 수영이 무엇을 걱정하는 것인지 다 알지 못했기에 한 말이었다.

자신의 말에 표정이 굳어지는 그녀의 기분을 풀어 주기 위해 성환은 웃으며 수영을 안심시켰다.

"뭐 나중에 여건이 좋아지면 아영이 말처럼 대학교를 설립할지도 모르지."

어색해지려는 분위기를 띄우기 위한 말이지만 성환의 그런 말 때문인지 분위기는 조금 전과 다르게 다시 좋아졌다.

처음 기자들 때문에 걱정하던 수영이나 아영도 성환의 그런 모습에 이제는 주변에서 자신들을 찍거나 말거나 신경을 쓰지 않았다.

그렇게 성환이 설립하는 대안학교의 기공식이 끝났으며, 오늘 시작하는 공사는 내년 신입생을 받는 것을 목표로 빠르게 진행이 되었다.

◈　　◈　　◈

일본 도쿄 총리공관 지하벙커, 비상시 사용하기 위한 극비시설이다.

그런 지하 벙커의 한 실내에 일단의 사내들이 고개를 떨구고 있었다.

얼굴에는 복면을 쓰고 있어 신원을 확인할 수는 없었지만 이들이 일본의 정보요원이란 것은 알 수 있었다.

그건 이 위치한 곳이 바로 일본 정보부 중에서도 극비인 내각정보국이 위치한 장소이기 때문이다.

그리고 이들의 정체는 바로 내각정보국 응급지원부 소속의 닌자들이었다.

극비 중의 극비인 이들은, 오랜 기간 비전인 닌자술을 터득한 침투와 암살의 달인이며, 현대에 맞게 총기류는 물론, 각종 전자기기도 잘 다루는 베테랑들이었다.

그동안 이들이 출동한 작전에서 실패한 작전은 손에 꼽을 정도로 대단한 실력들을 가지고 있는 자들이었다.

중국에 탈취당한 미국의 신형 아머슈트의 설계도를 되찾아 오기 위해 파견이 되었지만, 생각지도 못했던 CIA 특작대의 출현으로 그만 설계도를 회수하는 것에 실패를 하고 말았다.

그런데 문제는 그것만이 아니었다.

임무에 실패하고 현장을 빠져나오던 중에 그만 중국 공안에 들키고 말았다.

중국에도 일본의 응급지원부의 닌자들처럼 오랜 기간 무술을 수련을 한 특수부대가 있었다.

중국은 일본만큼이나 전통무술이 잘 보존된 나라.

그러다 보니 군이나 공안에 무술을 익힌 사람이 많았다.

하필 그런 자들 중 일부가 사건 현장 부근에 잠복을 하고 있었다는 것이다.

CIA 특작대의 방해로 장강 18호도 놓치고, 현장을 빠져나올 때 공안 특수부에게 들킨 닌자들은 소수의 공안 특수부 요원을 처리하려 했으나 그럴 수가 없었다.

적은 인원이지만 현장에 있던 공안 특수부 요원은 닌자 조장급에 육박하는 실력들을 가지고 있어 단시간에 처리할 수가 없었다.

그래서 어쩔 수 없이 따라붙는 그들을 따돌리기 위해 상해시 일대를 몇 바퀴를 돌며 그들을 따돌린 뒤에야 중국을 빠져나올 수 있었다.

하지만 닌자들의 불행은 그곳에서 끝나지 않았다.

뇌물을 써서 막아 놓았던 국안부가 활동을 시작한 것이다.

실종된 장강 18호 유월협을 찾기 위해 나선 것이다.

그 과정에서 자신들의 뇌물을 받았던 국안부 간부는 간첩 행위가 들통 나는 바람에 처형이 되었다.

아무튼 이번 중국에 들어가 시행했던 작전은 실패하고, 또 탈출 과정에서 일부 요원들이 희생이 되었다.

이 때문에 작전 책임자인 요시오는 징계를 받았다.

"요시오 부장!"

"하이!"

"다시 한 번 기회를 준다면 이번에는 실패 없이 잘 해결할 수 있나?"

요시오는 고개를 숙이고 있다 다시 한 번 기회를 주겠다는 상관의 말에 고개를 들었다.

그의 눈에는 그 말이 사실이냐는 듯 놀란 표정으로 상관을 쳐다보고 있었다.

그리고 그런 표정을 하는 것은 사실 요시오뿐만이 아니었다.

사실 작전의 실패는 언제나 발생할 수 있는 문제였다.

하지만 출동했던 닌자들이 희생이 되고 또 정체가 적에게 탄로 났다는 것이 상당한 문제였다.

그 때문에 정보국 소속 닌자들 중에서도 지휘자급인 요시오도 책임을 질 수밖에 없었다.

그래서 중국에서 돌아온 뒤로 지금까지 독방에 갇혀 있었고, 오늘 최종적으로 징벌이 내려질 것이라 예상하고 있었다.

그런데 최종 징벌을 내릴 것이란 예상과 다르게 기회가 주어졌다.

지금까지 한 번도 예외가 없었는데, 너무도 이례적인 일이 아닐 수 없었다.

커다란 사무실, 비대한 체구의 한 남성이 얼굴을 붉혀 가며 소리를 지르고 있었다.

"왕빠딴! 감히 대중화인으로서 돈을 받고 동지를 팔아먹어?! 이번 일에 조금이라도 관련된 자들을 모두 척결해!"

국안부장인 왕승은 한 달 전 미국에 파견된 장강 18호란 코드명을 가진 유월협에게서 너무도 기쁜 소식을 들었다.

그렇게나 알아내려고 백방으로 수소문하고, 그도 모자라 흑접(黑蝶, 해커부대)까지 동원해도 알아내지 못했던 정보를 손에 넣었다는 보고였다.

중국은 러시아와 미국 등 강대국들의 첨단무기들을 해킹하거나 불법적인 방법으로 복제를 해 군에 납품을 했다.

물론 해당 국가에서는 중국이 불법으로 복제한 무기들을 선보일 때마다 항의를 했지만, 중국이 모르쇠로 일관하기에 어쩔 수 없었다.

그럴 때면 각국은 경제제재로 맞섰다.

그런 일이 빈번하게 일어나다 보니 피해를 입은 나라나 또 중국도 서로 피해가 쌓여만 갔다.

물론 나중에 손을 든 건 중국이었다.

그럴 수밖에 없는 이유는 중국도 자본이 들어오다 보니 아무리 공산주의라 해도 돈의 힘에 먹혀 버린 것이다.

세계의 공장이라 일컬어지면 각국의 제화를 빨아들이던 중국이 경제제재로 수출이 막히고, 결국 군 현대화에 쏟을 예산이 부족해졌다.

그러니 결국 불법적 데드카피를 하기보단 빼돌린 설계도를 가지고 자신들이 가지고 있는 기술을 가지고 짜깁기를 하여 잡종을 만들어 내기 시작했다.

물론 설계도를 토대로 데드카피를 한 제품보다 성능이 떨어졌지만, 경제제재를 피해 가기 위해선 어쩔 수 없는 선택이었다.

그런데 이번에 장강 18호가 굳이 따로 연구할 필요도 없는 극비 자료를 수중에 넣은 것이다.

그게 무슨 말인고 하니, 이번에 입수한 미국의 신형 아머슈트는 굳이 짜깁기해 새로 만들 필요가 없다는 것이다.

그 이유는 미국도 신형 아머슈트를 정식으로 도입한 것이 아니기 때문이다.

더욱이 그것은 극비로 관계자 몇 명만 신형 아머슈트가 완성되었다는 것을 알고 있을 뿐, 미국의 군 장성이라도 신형 아머슈트가 있다는 것을 알지 못했다.

그러니 왕승의 기대는 이만저만이 아니었다.

이번에 유월협이 입수한 설계도만 무사히 중국으로 가져오면 자신의 입지는 더욱 공고해질 것이고, 자신의 미래는 지금의 국안부장에서 끝나는 것이 아니라, 상무위원의 자리까지 노릴 수 있으리라.

그리고 그것은 국안부장에 오르는 데 막대한 영향을 미칠 것이 분명했다.

그런데 기대에 부풀었던 왕승의 꿈은 일장춘몽이 되고 말았다.

씹어 먹어도 시원치 않을 매국노들 때문에 자신의 꿈이 물거품이 되었다.

위기에 처한 유월협이 본부에 구원요청을 했는데, 누군가 중간에 야료를 부려 구원 요청을 무시했다.

아니, 막아 버렸다.

그 때문에 특급요원인 그는 부상으로 몇 달의 요양이 필요하게 되었고, 그가 탈취했던 설계도는 도중에 정체를 알 수 없는 자에게 탈취 당했다.

다행이라면 원래 설계도를 구입하려던 일본에 넘어가지 않았다는 것이 천만 다행이었다.

2000년대에 들어와 중국은 조어도 열도 문제로 심각하게 대립을 하고 있었다.

한때 전쟁 직전까지 이르는 충돌도 몇 번 발생을 할 정도로 심각한 문제를 야기하고 있어, 이곳이 새로운 화약고로 등장했다.

이 때문인지 중국과 일본의 군비 경쟁이 시작되었다.

마치 누군가가 짜 놓은 시나리오대로 움직이는 배우들처럼 중국과 일본 그리고 미국까지 움직이며 조어도 분쟁을 개기로 국제 정세가 빠르게 변화했다.

일본은 중국과의 분쟁에 기존에 군대를 가질 수 없다는 평화헌법으로는 강대국 중국을 막을 수 없다는 점을 역설하며 평화헌법 개정을 하였다.

뿐만 아니라 방어적 선제공격이라는 말도 되지 않는 용어를 만들어 내며 군사력 확충에 노력을 기울였다.

그런 일본의 상황에 발맞춰 중국도 기존보다 더 많은 국방비를 지출하며 군 장비 현대화에 힘을 기울였다.

재래식 무기는 일본이나 중국 모두 비슷하거나 중국 쪽이 양적으로 우수해졌다.

이러다 보니 중국이나 일본의 눈은 다른 쪽으로 돌리게 되었는데, 알려진 무기들이 아닌 극비로 쓸 수 있는 무기가 필요했다.

그 예가 바로 CIA에서 극비로 운영하는 아머슈트였다.

겉으로는 아직도 연구 개발 중이라 발표를 하고 있지만, CIA의 비밀작전에 사용 중이란 것은 공공연한 비밀이었다.

어차피 이 사실 또한 스파이를 이용해 불법적으로 알아낸 것이기 때문에 그것을 가지고 따질 수도 없었다.

그러니 이번 신형 아머슈트의 설계도 입수가 얼마나 큰일인지 두말해 잔소리.

그런데 그런 중요한 것을 적국의 뇌물에 넘어간 놈들 때문에 초강대국 미국 다음으로 군사 강국의 자리에 올려놓을 수 있는 기회를 놓쳐 버렸다.

현제 아머슈트를 운영하는 것으로 알려진 나라는 미국과 러시아뿐이다.

그리고 영국과 독일 그리고 프랑스도 곧 아머슈트를 개발할 것으로 분석되었다.

물론 그중에서도 미국이 사용 중인 아머슈트가 최고의 것으로 짐작되었고, 또 이번에 신형이 새로 개발되었다는 정보가 들어왔으니 아직도 미국과 다른 나라들 간의 격차가 무척이나 심할 것으로 보였다.

이것을 생각해 보면 장강 18호가 탈취한 아머슈트 설계도의 가치가 얼마나 높은지 알 수 있었다.

이런 생각을 하다 보니 너무도 화가 난 왕승은 다시 한 번 앞에 있는 부하들을 보며 호통을 쳤다.

"그동안 너희는 뭐하고 있던 거야! 첩자들이 내부에 도사리고 있었는데, 그런 거 하나 파악하지 못하고!"

왕승의 호통에 부하들은 아무런 말도 하지 못하고 고개만 숙였다.

부하들은 왕승의 성격을 알기에 이런 때, 괜히 변명을 했다가는 오히려 꺼져 가는 불에 기름을 붓는 격이 될 뿐이란 것을 너무도 잘 알았다.

그런 부하들의 생각이 맞았는지 한참 혼자 열을 내던 왕승이 기분을 가라앉히고 지시를 내렸다.

"그래, 물건을 탈취해 간 자의 정체는 알아냈나?"

"그것이…… 아직 확실하지 않아서……."

"그게 무슨 소리야! 확실하지 않다니? 누군데!"

부하의 어눌한 보고에 인상을 쓰며 묻는 왕승의 질문에 보고를 하던 부하는 성환에 관해 보고를 하였다.

"그러니까, 당시 현장 부근에 요주의 인물이 있었습니다."

"요주의 인물? 그게 누구지?"

"현재 공안에서 특급으로 분류된 사람입니다."

"그러니까 그게 누구냐고!"

자꾸만 자신의 질문에 말을 늘이는 부하의 말에 결국 큰소리를 지르고 말았다.

하지만 부장인 왕승이 그렇게 화를 내고 있지만 부하는 선뜻 대답을 하길 주저했다.

그도 그럴 것이 국안부장인 왕승도 성환과 연관이 있다는 것을 알게 되었기 때문이다.

성환과 직접적인 연관이 있는 것이 아니라 성환의 배경으로 있는 소림사와 관련이 있는 것이다.

그렇기 때문에 선뜻 대답을 못하던 부하는 왕승의 거듭된 채근에 마지못해 대답을 해야 했다.

"그게, 소림패왕이라 불리는 자입니다."

"뭐?!"

왕승은 부하의 말에 너무 놀라 눈을 동그랗게 뜨고 말았다.

그 역시 소림파의 문하였기에, 소림패왕에 대해서 들은 바가 적지 않았다.

왜 지금 사문의 최고 어른의 이름이 거론 되는 것인지 이해할 수가 없었다.

더욱이 패왕이라 불리는 사조가 그 시각에 왜 그곳에 있단 말인가?

자신의 신분 상승에 중요한 역할을 하는 사문에서도 아주 중요하게 여기는 인물이다.

그렇기 때문에 자신의 사부에게서 신신당부를 받았다.

사조가 중국에 들어오게 되면 불편한 점이 한 점 없게 하라는 말이었다.

이미 소림파벌 내에서 사조의 위명은 전설을 쓰고도 남았다.

소설에 나오는 탄지신통이나 백보신권을 시전 할 수 있으며, 본산 일대 제자들이 사조에게 사시를 받아 어렴풋이 그것의 흉내를 내고 있다는 것이다.

이런 소식을 전해 들었을 때, 왕승은 국안부 내에 다른 세력들처럼 소림사 제자들로만 이루어진 특수부대를 만들고 싶어졌다.

이런 의견을 자신의 사부에게 말은 해 두었는데, 긍정적으로 검토 중이란 대답을 들었다,

그런데 지금 중요한 시점에서 사문의 명을 이행하지 못했다.

사조인 성환이 중국에 들어와 있는데도 국안부 부장이란 직책에 있으면서도 그의 행적을 알지 못했던 것이다.

중국 내외의 모든 정보를 취급하는 부서의 장으로 있으면서 국내의 정보를 그것도 자신의 사문은 물론이고, 당 내에서도 행적에 귀추가 주모되고 있는 인물의 행적을 알지

못했다.

이것은 심각한 문제가 아닐 수 없었다.

이는 누군가 자신에게 들어오는 정보를 중간에서 조직적으로 차단을 하고 있다는 말밖에 되지 않는다.

다른 것을 떠나 이것이 가장 화가 났다.

조금 전 미국의 신형 아머슈트의 설계도를 적국의 방해로 아니 뇌물을 먹은 내부 배신자에 의해 잃어버린 것 보다 더 화가 났다.

사람이 화가 극도로 올라가면 냉정해진다고 했던가.

탁! 탁! 탁! 탁!

갑자기 입을 굳게 닫고 손가락으로 책상을 두드리는 왕승의 모습에 자리에 있던 부하들이 모두 긴장을 하기 시작했다.

왕승이 지금 보이고 있는 모습은 그가 극도로 화가 났다는 것을 보여 주고 있기 때문이다.

극도로 흥분했을 때 국안부장인 그는 이렇게 오히려 침착해졌다.

그리고 그가 결단을 내렸을 때, 국안부 내에 피바람이 일었다.

긴장 때문에 자세를 바로하고 왕승의 얼굴을 쳐다보고 있는 부하들, 그들의 귀에 왕승의 명령이 떨어졌다.

"국안부 내부에 사분오열이 된 것 같다. 그들로 인해 조직이 제대로 움직이지 못하는 것일 테지. 아마도 이번 적국의 뇌물을 받았던 이들도 그들과 연관이 있을지 모르니 지금부터 비밀리에 내사를 시작한다. 이 시간 부로 다른 모든 작전을 중단하고 배신자 색출에 총력을 울인다."

왕승의 내부 감사에 총력을 벌이란 말에 부하 중 한 명이 질문을 했다.

"알겠습니다. 그런데 범위를 어느 선까지 진행을 합니까?"

"조사에 예외는 없다. 필요하다면 최고위원까지 모두 내사를 한다."

"헉!"

왕승이 말하는 최고위원이라고 하는 것은 바로 국안부 위에 있는 상무위원들을 말하는 것이고, 만약 최고위원들이 연관이 있다면 그들까지 조사를 하라는 말이었다.

즉, 조사가 국안부 내부뿐 아니라 정보가 자신에게 오는 것을 차단하도록 지시를 내린 인물까지 조사를 하라는 말이었다.

왕승이 이번 일이 단순히 국안부 내부 문제가 아니라 중국 내 권력자들의 권력투쟁과 연관이 있을 것으로 판단을 내렸다.

그렇기에 부하들에게 이런 지시를 내린 것이다.

만약 자신의 짐작이 맞는다면 아마도 중국의 권력 구도에 큰 변화가 일 것이 분명했다.

감히 국안부의 운영을 개인적으로든 단체로든 불법적으로 막고 있는 것이니만큼 밝혀진다면 아무리 상무위원들이라도 쉽게 빠져나갈 수는 없었다.

그렇게만 된다면 왕승은 빈 상무위원 자리에 보다 가까워질 것이다.

이런 생각을 하니 어쩌면 이번 일이 자신에게 전화위복이 될 것도 같았다.

◈　　◈　　◈

"미국을 방문하는 목적이 무엇입니까?"

"조카의 졸업에 참석하기 위해서요."

조카 수진의 졸업식에 참석하기 위해 성환은 미국 대사관에 비자 신청을 냈다.

그리고 지금 입국 심사를 받고 있었다.

"체류기간은 얼마로 잡고 있습니까?"

"조카의 졸업식이 삼 일 뒤니 졸업하고 조카와 함께 관광을 하려고 계획하고 있소. 일주일 정도 체류할 생각이오."

사무적인 대사관 직원의 물음에 성환도 담담하게 그의 질문에 답을 했다.

서류에는 아무런 하자가 없기에 특별한 사유가 없는 이상

통과될 것이다.

솔직히 성환은 매번 미국에 갈 때마다 이런 입국 심사를 해야 하는 것이 여간 마음에 들지 않았다.

미국은 말로는 동맹국이니 하나, 이런 기본적인 것도 다른 동맹국과 한국을 차별하고 있었다.

벌써 몇 번이나 무(無)심사 입국을 추진해 보았지만 매번 미국의 답변은 안 된다는 것이다.

한국인들의 불법체류가 의심된다며 협상 자체를 거부하고 있다.

그에 반해 일본은 이런 심사 없이 바로 비행기 티켓을 끊고 미국으로 가면 공항에서 간단한 심사와 함께 통과.

하지만 한국은 미국에 들어가려는 사유와 사전 면담 심사를 통과해야만 비자 신청이 가능했다.

이런 이유로 성환은 동맹국 미국을 그리 좋게 생각지 않았다.

자신들의 편의에 의해 동맹국을 차별하고, 등급을 매기는 것 같은 미국의 태도에 그리 좋아하지 않지만 일단 아쉬운 것은 자신이니 그것을 겉으로 티를 내지 않았다.

탕!

"통과되었습니다. 좋은 여행되시기 바랍니다."

대사관 직원의 말에 성환은 살짝 고개만 숙이고 자리에서 일어났다.

솔직히 대한민국의 위상을 생각하면 3개월 무비자 여행을 허용해도 될 것이지만, 미국은 유독 한국인들의 무비자 협정에 대하여 눈을 감았다.

성환이 이렇게 비자 신청이 통과되어 여권을 가지고 나가자 성환의 입국 심사를 했던 직원은 급히 자리를 벗어나 대사관 지하로 내려갔다.

그곳은 한국에 있는 CIA 요원들이 상시 거주하는 곳이기도 했다.

"제론 여기까지 무슨 일이야?"

"마이크! 그가 움직였다."

"그라니?"

자리에 앉아 있던 마이크는 대사관 직원으로 입국심사관으로 위장하고 있는 자신의 동료에게 물었다.

"제로 말이야!"

"제로? ……뭐?!"

마이크는 제론의 말에 처음에는 그가 하는 말을 알아듣지 못했지만, 곧 그가 누굴 지칭하는 것인지 깨달았다.

"뭐하고 있어 어서 지부장에게 보고를 해야지!"

"아, 알았어!"

제론의 큰 소리에 마이크는 얼른 CIA 요원 전용 휴대폰을 꺼내 한국 지부장인 칼론 제임스에게 연락을 했다.

"지부장님! 제로가 움직였습니다."

상관인 칼론에게 성환이 오늘 입국 심사를 받은 것과 일정 등에 관해 보고를 했다.

한편 성환에 관한 정보를 들은 칼론 제임스는 급히 그것을 CIA 본부로 연락을 했다.

성환의 움직임은 그 어느 것보다 중요한 정보이기 때문이다.

성환이 자신들이 개발한 신형 아머슈트의 설계도를 한국군에 넘겨준 것으로 의심이 되기도 하고, 또 최근 중국과 너무도 밀접하게 가까워지는 것 같아 의심을 하고 있었는데, 마침 그가 미국에 들어간다고 하니 이번 기회에 그를 납치하는 것이 어떤가, 제안을 하였다.

한국의 비밀 특수부대를 양성했던 것과, 자존심 강한 SOCOM에서 특수부대원들을 파견해 위탁 교육을 시킨 것 등을 고려해 봤을 때, 납치를 해 기술들을 취득하면 큰 도움이 될 것이란 생각 때문이다.

물론 위험 부담은 있다.

하지만 한 개인이 가진 무력이라 봐야 한계가 있을 것이니 CIA 본부에 있는 특급요원이나 아니면 특작대를 동원하면 충분히 제압이 가능할 것으로 판단했다.

그리고 그런 칼론의 의견이 받아들였다.

이 때문에 성환이 미국에 들어갔을 때, 어떤 일이 벌어질지 귀추가 주목되었다.

◆　　◆　　◆

　　한편 심사를 마치고 대사관을 나온 성환은 오랜만에 혜연을 만나기로 했다.

　　학교 준공식에 와 얼굴을 보긴 했지만 다른 사람들—기자—의 시선도 있고 해서 편한 대화를 하지 못했다.

　　상해에서의 그 일이 있은 뒤로 가끔 두 사람이 연락은 하고 있었다.

　　하지만 일단 미망인과 대주주의 만남을 좋게 봐 주지 않을 것을 알고 있는 성환이나 이혜연이기에 통화만으로 만족을 했다.

　　더욱이 성환이 생각보다 하는 일이 상당히 많아 무척 바쁘다는 것을 알고 있는 혜연은 조금은 섭섭하긴 했지만 모두 이해했다.

　　하지만 이혜연도 여자이기 때문에 이해는 해도 섭섭함이 아주 없는 것은 아니다.

　　이런 것이 오래되면 남녀의 관계란 오래가지 못한다.

　　그래서 이혜연은 성환이 조카의 일로 미국에 며칠 들어간다는 말에 미국에 가기 전 저녁을 함께하자는 말을 했다.

　　물론 핑계는 자신의 딸 유리가 성환을 보고 싶다는 핑계를 댔다.

전화를 받은 성환은 자신이 바쁘다는 핑계로 그녀를 너무 방치하고 있었다는 생각이 들었다.

그리고 그녀의 딸도 보고 싶기도 해서 오늘 약속을 잡았다.

차를 달려 M&S엔터로 향했다.

도착한 이혜연의 사무실에는 아직 일이 조금 남았는지 혜연이 서류를 처리하고 있었다.

"잠시만 기다려 주세요. 곧 끝나요."

"천천히 해, 난 유리하고 놀고 있을 테니."

"고마워요."

성환은 사무실을 나와 유리가 있다는 연습실로 향했다.

혜연의 딸 유리는 가끔 이렇게 회사에 오면 가수를 꿈꾸는 연습생들이 훈련을 받고 있는 연습실에 가서 놀았다.

회사에 다른 놀이 시설이 없기도 했지만, 유리는 노래와 춤을 무척이나 좋아해, 연습생들이 연습하는 곳을 엄마가 일하는 사무실보다 더 오래 지냈다.

그렇기에 오늘도 연습생들과 함께 있었던 것이다.

웅성웅성!

"삼촌은 너무 바쁘신 것 같아요."

"맞아! 삼촌 얼굴 보기 무지 힘들다."

아영의 말에 트윙클 멤버들이 이구동성으로 그녀의 말을
받았다.

그런 아이들의 모습에 성환은 어색한 미소를 지으며 그녀
들을 돌아보았다.

원래는 혜연과 유리 그리고 성환 이렇게 세 명이서 저녁을
먹을 예정이었으나, 성환과 이혜연이 저녁을 먹으러 회사를
나오려던 때, 트윙클이 스케줄을 끝내고 회사로 들어왔던 것
이다.

이 때문에 마침 저녁시간이고 트윙클도 저녁을 먹지 못했
던 관계로 이들과 함께 저녁을 먹으러 식당에 오게 되었다.

이혜연은 비록 단둘이 오붓한 데이트는 아니지만 그래도
성환과 즐거운 시간을 가지고 싶은 마음이 컸으나, 생각지
못한 트윙클의 출연으로 그 꿈은 한순간에 날아가고 말았다.

하지만 트윙클도 이혜연에게 성환 못지않게 중요한 사람들
이다.

자신과 어려운 때를 함께한 아이들이라 그런지 조금 생각
을 달리하니 이들과는 함께하는 것도 괜찮았다.

그러고 보니 이 아이들도 인기가 올라가면서 무척 바쁜 스
케줄을 소화하고 있어 이런 자리라도 마련해 격려를 해 줄
필요가 있었다.

아이들이 성환을 너무 좋아해 조금 질투가 나기도 하지만
뭐, 성환과 자신은 이미 살까지 섞은 사이가 아닌가?

더욱이 성환과 대화를 하다 보면 그가 어떤 생각을 가지고 트윙클을 대하는지 알 수 있기에 이들이 저녁식사 자리에 참여하는 것이 그리 나쁘지 않게 느껴졌다.

"삼촌, 그런데 이번에 수진이 졸업하면 한국 들어오는 거예요?"

"그래, 수진이와 통화를 해 보니 아마도 한국에서 데뷔를 하고 싶은가 보더라. 참, 너희들 이야기하니 빨리 너희를 만나고 싶다고도 했다."

"아, 어서 수진이 보고 싶다."

"맞아! 그때처럼 다 함께했으면……."

한참 들떠 말을 하던 미영이 갑자기 뒷말을 흐렸다.

말을 하다 보니 그만 안 좋았던 기억이 떠오른 때문이다.

그런 미영의 모습에 성환은 그녀의 머리를 쓸어 주며 그녀를 달랬다.

미영이 안 좋았던 기억으로 인해 창백해지자 성환이 내공을 운용해 그녀의 혈을 풀어 주니 금방 혈색이 정상으로 돌아왔다.

"그런 기억들은 잊고 너희는 앞으로 반짝일 미래를 생각해!"

"네!"

트윙클 멤버들은 미영 뿐 아니라 다들 그때의 안 좋은 기억이 떠올랐지만 성환의 말을 듣고 표정을 풀었다.

"언니! 힘내요."

그런 트윙클 멤버들을 위로하듯 유리가 힘내라는 위로를
했다.

유리의 그런 위로가 힘이 되었는지 트윙클은 금방 미소를
머금었다.

"그래, 우리 힘내자!"

그렇게 이들의 저녁시간은 조금 안 좋아지려던 분위기는
순식간에 해소되고 즐거운 식사기간이 되었다.

3.
졸업식에 생긴 일

"삼촌!"

게이트를 나오는데, 저 멀리서 맑은 톤의 한국어가 들려왔다.

고개를 돌린 성환의 눈에 환영 인파 속에 수진의 모습을 확인하고 자신을 부르는 조카의 곁으로 다가갔다.

"오셨습니까?"

수진의 옆에는 그녀의 근접 경호와 생활 전반을 책임지던 김진희가 성환을 보며 인사를 했다.

그녀는 성환이 수진의 안전을 위해 KSS경호의 특별경호 팀을 파견하면서 경호보다는 수진의 생활을 도와주고 조언을 해 주는 일을 전담하고 있었다.

진희가 특전사 출신이라고 하지만 침투와 암살 등 특화된 교육을 받은 전직 S1이었던 특별경호팀보다는 경호를 하는 일에 부족한 점이 있었다.

하지만 그런 그녀라 해도 전혀 도움이 되지 않는 것이 아니다.

경호 대상인 수진이 여자인대다 아직 성년이 되지 않아 보호자의 손길이 필요한 시기인데, 수진의 보호자인 성환이 그녀를 신경 써 줄 수도 없었다.

그런 수진에게 진희는 참으로 반가운 존재다.

삼촌인 성환에게 하지 못할 여성만의 문제도 진희와 이야기할 수도 있고, 또 조언도 받을 수 있다.

한마디로 죽은 성희가 해야 할 일을 진희가 대신해 주고 있는 것이다.

그러니 성환도 수진의 경호를 위해 특별경호팀을 파견을 보내면서도 굳이 진희를 불러들이지 않고 계속해서 수진의 곁에 두었다.

"무엇하러 나왔어? 찾아갈 텐데."

자신을 마중 나온 수진과 진희의 모습에 내심 오랜만에 본 조카의 건강한 모습에 기쁘면서도 가볍게 핀잔을 주었다.

"뭐 삼촌이 온다고 하니 혹시나 길 잃어버리고 어디서 울고 있을까 봐, 내가 나왔지!"

"하하하하!"

성환의 자신의 농담에 능청스럽게 가볍게 농담으로 받아넘기는 수진의 말에 절로 웃음이 났다.

그리고 그런 것은 성환만이 아니라 곁에 있던 진희도 마찬가지였다.

그동안 경호 대상인 수진과 함께 2년여를 생활하면서 깜짝 놀란 적이 한두 번이 아니다.

분명 여자로서 견디기 힘든 시련을 겪은 것으로 알고 있어 더욱 경호에 신경을 많이 썼는데, 어느 순간부터 그런 자신의 조심스런 모습이 무색하게 수진은 그런 일을 겪은 적이 없는 여느 아이처럼 행동을 했다.

물론 가끔 자신이 느끼지 못할 때 무언가 쓸쓸하게 어딘가를 응시할 때면, 자신이 모르는 뭔가 아픔이 있다는 것을 알수 있었지만, 아무튼 함께 생활하면서 모난 구석을 볼 수가 없어 생각보다 편하게 생활을 하였다.

진희가 그렇게 수진과의 추억을 되새기고 있을 때, 성환의 한쪽 팔을 차지한 수진은 성환의 팔을 잡아끌며 공항 밖 주차장으로 안내를 했다.

"삼촌 얼른 가요."

수진은 오랜만에 자신을 보러 온 삼촌을 위해 가이드를 자청했다.

"내 졸업식은 내일이니 오늘은 제가 이곳을 구경시켜 드릴게요."

"그래, 그럼 우리 수진이의 안내를 받아 볼까?"

수진의 말에 맞장구를 치던 성환은 뭔가 생각이 났는지 감탄사를 내며 수진을 향해 이야기를 했다.

"참, 수진아. 아영이와 미영이가 네 졸업을 축하한다고 전해 달라고 하더라! 그리고 수영이도 네 졸업 축하한다고 했다."

"아!"

수진은 성환의 말에 짧은 감탄사를 질렀다.

잊었던 사람들의 이름을 2년 만에 듣게 되었다.

어떻게 그들을 알고 있는 것인지 궁금하면서도 정말로 반갑게 느껴졌다.

"삼촌이 수영 언니와 아영이 미영이는 어떻게 아세요?"

오랜만에 반가운 사람들의 소식을 들어 기쁘면서도 삼촌이 어떻게 그녀들을 알고 있는 것인지 궁금해 묻지 않을 수가 없었다.

"응, 어쩌다 보니 알게 되었다."

"응?"

성환은 수진이 괜히 그때의 아픈 기억을 기억할까 봐 얼버무리려 했지만 수진은 그렇지 않았다.

오랜만에 함께 했던 이들의 소식을 듣게 되자 모든 것이 궁금해졌기 때문에 집요하게 성환을 닦달했다.

"삼촌이 어떻게 알게 되었냐고요? 네? 말해 줘요."

"알았다. 그러니까……."

집요한 수진의 보챔에 성환은 손을 들고 말았다.

그도 그럴 것이 이제는 세상에 유일한 핏줄이 조카 수진뿐이다.

그러니 특별히 그녀의 생명에 위협이 가지 않는 이상 그녀의 부탁을 들어주지 않을 이유가 없었다.

자신이 M&S엔터에 투자를 한 이야기나, 어려운 처지에 있는 그들을 도와준 일, 그리고 수진과 함께 데뷔를 준비하던 트윙클 멤버들과 얽힌 이야기 등을 들려주었다.

성환이 들려주는 이야기를 들을 때마다 감탄사를 흘리기도 하고, 또 때로는 안타까운 한숨을 쉬기도 했다.

성환은 이야기를 하면서도 주변을 살피는 것을 늦추지 않았다.

수진이나 진희가 눈치채지 못하게 주변을 살피는 것은 성환이 미국으로 떠나기 전 동기 최세창으로부터 들은 이야기가 있기 때문이다.

"너 이번에 미국 가는 것 조심해야 할 것 같다."

"그게 무슨 말이냐?"

"미국하고 일본에서 네가 신형 아머슈트의 설계도를 우리에게 넘겨 준 것을 알게 됐다."

"뭐? 그걸 어떻게 그들이 알 수 있던 것이지?"

"어떻게는 어떻게야! 그놈의 썩어 빠진 매국노들 때문이지."

말을 하면서도 눈에 차가운 살기를 띠던 세창의 얼굴이 떠올랐다.

아무리 삼청프로젝트로 한차례 정화를 했다고 해도, 전부 처리할 수가 없었다.

군인이라면 확실하게 처리를 했지만, 군무원들 중에서 미국이나 일본에 포섭된 이들을 확실하게 처리하지 못했다.

그들까지 내보냈다가는 군에서 필요한 연구 인력이 모자를 것이기 때문에 울며 겨자 먹기로 놔둘 수밖에 없었다.

그러다 보니 이렇게 정보가 새어 나갈 수밖에 없었다.

조사를 하면서 누가 어느 나라에 포섭이 된 연구원인지 알 수 있었다는 것이 위안이 되기는 했다.

적에게 넘어간 위인이 누군지 알고 있는 상태라면, 정보 공작을 하기도 편하기 때문에 나중을 위해서라도 그들을 남겨 둔 것이다.

아무튼 세창의 경고를 들은 성환은 혹시 공항 주변에 자신을 감시하는 사람은 없는지 주변을 살폈다.

하지만 성환도 기계를 이용한 감시는 알아차릴 수 없었다.

중국 공안 특수부의 원거리 감시카메라를 이용한 감시를 눈치채지 못했던 것처럼, 이번에도 공항 보안실에서 성환이 입국하는 모습을 지켜보고 있었지만 아무런 낌새도 알아차리지 못했다.

◆   ◆   ◆

　CIA 국내 감청파트에 근무하는 티모시와 그의 동료 달튼은 자신들이 기다리던 택배가 와 눈을 반짝이고 있었다.

　이들이 기다린 택배는 바로 성환이었다.

　코드명 제로로 불리는 성환의 일거수일투족을 감시하기 위해 그가 입국하는 공항에서부터 감시를 시작한 것이다.

　물론 이 둘만이 성환을 감시하기 위한 인물은 아니었다.

　공항 내부는 이들이 당당하고 공항 밖에는 또 다른 사람들이 대기를 하고 있었다.

　그리고 성환의 조카로 알려진 수진의 집 근처에도 요원이 배치되어 성환이 오기를 기다리고 있다.

　아무튼 자신들이 기다리던 존재가 나타나자 티모시는 얼른 공항 밖에 대기하고 있는 동료들에게 연락을 했다.

　"택배가 도착했다. 다시 한 번 반복한다. 택배가 도착했다."

　—OK!

　동료들에게 감시 대상이 도착했음을 알리고 본격적으로 추적을 하기 시작했다.

　"달튼! 마킹했어?"

"물론이지!"

"본부 중앙 컴퓨터와 링크도 했나?"

"내가 뉴비—초보자—인 줄 알아?! 다 끝냈어!"

혹시나 빠진 것은 없는지 점검하는 차원에서 한 말이지 정말로 자신의 파트너인 달튼을 못 믿어 물어본 것은 아니었다.

그만큼 오늘부터 감시해야 할 대상이 중요한 인물이기 때문이다.

사실 티모시나 달튼은 한 번도 이렇게 엄청난 작전을 수행한 적이 없었다.

그저 기업의 비리나 CIA에 적대적인 아니면 도움이 될 인물들에 대한 감시만 했을 뿐이지, 국장이 직접적으로 명령을 하여 국내에 활동 중인 감청 파트의 1/5의 인원을 동원한 작전에 투입되어 본 적이 없었다.

그리고 듣기로는 이번 작전에 비밀에 쌓여 있는 특작대까지 동원이 되었다고 들었다.

즉, 자신들 같은 감청팀은 특작대가 움직일 타이밍을 잡기 위해 동원이 되었다는 말이고, 특작대가 움직일 정도로 중요한 인물을 감시하는 것이니 한순간의 방심도 놓칠 수는 없었다.

◆　　◆　　◆

공항 출입문을 나온 성환은 순간적으로 누군가 자신을 주시하고 있다는 것을 포착했다.

사람이란 참으로 놀라운 능력을 보여 줄 때가 있었다.

위기의 상황에서 평소의 몇 배의 힘을 낸다거나, 아니면 상식적으로 있을 수 없는 현상을 보거나 듣는 것 말이다.

그런데 성환은 그런 것들을 상시로 펼칠 수가 있는 사람이었다.

남들이 가지지 못한 특수한 능력을 가지고 있는 그이기에 자신을 주시하고 있는 타인의 시선을 너무도 자연스럽게 느낄 수가 있는 것이다.

누군가 자신을 감시하려고 한다는 이야기를 듣고 준비를 하고 있는데, 그런 시선을 느끼지 못한다면 말이 되지 않는 일이었다.

아무튼 공항 내부에서의 감시는 느끼지 못했지만 공항 밖 주차장으로 향하는 그를 지켜보는 시선은 느낄 수 있었다.

성환은 주변 풍경을 구경하는 척 주변을 둘러보다 자신을 감시하고 있는 곳을 슬쩍 쳐다보았다.

이동식 아이스크림 박스 카였다.

여름이라 공항 인근에서도 아이스크림을 찾는 사람은 은근 많았다.

모르는 사람이라면 쉽게 지나칠 정도로 자연스러운 광경이었지만 성환의 눈을 피해 갈 수는 없었다.

안보는 척 슬쩍슬쩍 자신이 있는 곳을 곁눈질 하면 보는 남자의 시선은 따가운 여름 햇살만큼이나 성환의 피부를 두드렸다.

성환은 자신을 감시하는 자들이 어느 곳에 있는지 하나, 하나 찾으며 자연스럽게 자신을 끄는 수진을 따라 주차장으로 향했다.

성환이 주차장에 도착을 하자 원거리 경호를 하고 있던 고재환이 다가왔다.

"수고가 많다."

말없이 고개를 숙이는 고재환을 보며 성환이 수고가 많다는 말을 하자 재환은 겸손히 대답을 했다.

"아닙니다."

솔직히 고재환은 수진을 경호하면서 한 번도 자신들이 고생을 한다고 생각지 않았다.

성환에게 배운 것에 비하면 그의 조카인 수진을 경호하는 것쯤이야 고생도 아니었다.

물론 성환이 자신들을 가르친 것이 군의 명령으로 가르치긴 했지만 그것이 명령을 한다고 해서 가르칠 만한 기술이 아니었다.

옛 말씀에 비인부전(非人不傳)이라는 말이 있다.

정말로 성환에게 배운 것들이 바로 그 말에 딱 맞는 말이었다.

함부로 아무에게나 가르칠 만한 기술이 아닌 것이다.

만약 인성이 결여된 사람이 자신들이 배운 기술을 배운다면 인간 세상에 괴물을 풀어놓는 것과 다름이 없었다.

자신만 해도 마음만 먹으면 경계가 그 어느 곳보다 삼엄하다는 백악관이나 그에 버금가는 러시아의 크렘린도 침투해 각국의 대통령이라도 암살을 할 수 있을 정도였다.

이 정도의 능력을 가진 능력자를 이들 국가라면 최상의 조건으로 영입을 할 것이다.

대한민국 군부도 그만은 못해도 충분히 대우를 해 주고 있었지만, 역시나 썩은 정치인들로 인해 자신들은 물론이고, 교관인 성환도 군대를 떠나야 했다.

성환이 군대를 나올 수밖에 없던 사정은 자신들과 조금은 다르지만 어찌 되었든 정치인들과 연관이 있는 것은 맞았다.

아무튼 엄청난 능력을 가지고도 사회에 활용할 수 없었던 자신들을 받아 준 사람은 다름 아닌 성환이다.

사실 군에서 배운 초인적인 능력은 사회에 나와 아무런 도움이 되지 못했다.

어디 가서 누군가 살해하는 청부업자나 조폭이 될 것이 아니라면 정말이지 참 쓸모없는 능력일 수밖에 없었다.

하지만 그것도 잠시 성환에게 S1팀이 귀속이 되면서 이들의 삶이 다시 한 번 빛을 보게 되었다.

암흑으로 떨어지려는 찰나 자신들을 잘 알고 활용할 수 있는 성환이 자신들을 맡은 것이다.

더욱이 사회를 좀먹는 사회악인 조직폭력배들을 처리하는데 자신들의 힘을 사용하는 것에 고재환이나 다른 S1대원들은 주저함이 없었다.

아니, 잘 배워 군대가 아닌 곳에서도 나라를 위해 충성을할 수 있다는 것에 자부심을 느꼈다.

더군다나 대우까지 군대에 있을 때보다 개선됐으니 참으로좋았다.

대기업 간부에 못지않은 대우를 받으면서도 일은 많지 않았다.

그저 군대에 있었을 때 했던 것을 그대로 하면 되는 것이었다.

뭐 전직 깡패였던 이들을 갱생한다는 취지에서 섬에 들어가 교육을 시키는 귀찮은 일이 좀 있기는 했지만, 그것은 그것대로 보람이 있었다.

아무튼 그런 일들을 하다가 비록 외국이긴 하지만, 파견을나와 수진을 경호하는 것은 그 어떤 일보다 쉬운 일이었다.

오렌지카운티는 미국의 어떤 지역보다 치안이 잘 갖춰진도시.

그렇기 때문에 굳이 자신들이 나서서 수진을 지킬 일도 없었다.

더욱이 어떤 사연이 있는지 자세한 내용은 모르지만 오렌지카운티 경찰과 수진이 잘 알고 있는 사이였다.

그러다 보니 수진의 집 주변은 수시로 순찰을 도는 경찰들로 인해 더욱 안전했다.

그 때문에 사실 수진의 경호를 위해 특별경호팀의 1팀과 2팀이 번갈아 가며 미국에 왔지만 사실 그것은 경호라기보단 장기 휴가를 받은 느낌이었다.

물론 그렇다고 수진의 경호에 완전 신경을 쓰지 않았다는 말은 아니었다.

그만큼 여유가 있었고 쉬웠다는 말이었다.

아무튼 자신들의 선배이자 스승이고, 또 회사의 사장이면서 우상인 성환에게 조금이나마 도움이 되었다는 것에 너무도 기쁜 고재환이었다.

자신의 말에 격정적인 모습을 보이는 재환을 보며 성한은 아무런 표정 변화 없이 말을 하였다.

그런데 조금 전과 다르게 성환의 말소리는 주변에 있는 다른 사람은 전혀 들을 수가 없었다.

—한국을 떠나올 때 최세창 대령으로부터 이번 수진의 졸업식에 뭔가 일이 벌어질 것 같다는 암시를 받았다.

성환은 내공을 이용해 자신과 고재환만 들을 수 있도록 전음(傳音)을 통해 대화를 나누었다.

물론 주로 말을 하는 것은 성환이었고, 간단한 대답을 하는 것은 고재환이었다.

내공이 일천한 고재환이 전음을 할 수 있었던 것은 사실 성환이 군대에 있을 당시 S1을 교육시킬 때 이들이 앞으로 해야 할 일들을 상정해 필요한 무공을 가르쳤는데, 이때 중점적으로 가르친 것이 바로 전음이었다.

과학이 발달하면서 통신 장비도 발달을 했지만, 그보다 더 발달한 것이 바로 감청 장비다.

그런 발달한 감청 장비를 피하기 위해 찾아낸 것이 바로 전자 장비를 사용하지 않는 수신호였다.

하지만 수신호는 많은 제한이 따랐다.

일단 약속된 신호를 외워야 했고, 또 외워야 하는 만큼 너무 복잡하거나 숫자가 많으면 안 되었다.

이런 제한들 때문에 작전을 수행하는 것에 많은 애로 사항이 있었는데, 성환은 이러한 애로 사항을 타파할 수 있는 방법으로 전음을 생각해 냈다.

S1프로젝트는 약물을 사용해 내공을 활용할 수 있는 특수한 군인을 양성하는 프로젝트.

산삼과 같은 영약들을 이용해 고대의 비법으로 제조된 약을 통해 적으나마 내공을 가지게 된 S1대원들은 성환이 교육 속에서 전음을 터득하게 되었다.

다만 비천한 내공 때문에 자유자제로 사용할 수는 없지만 그래도 간단한 내용은 즉답이 가능할 정도로 교육을 받았다.

그렇기에 지금 성환과 고재환은 아무도 듣지 못하게 대화를 주고받았다.

─아니, 무엇 때문에······.

─그건 내가 이번에 중국에 들어갔다가 생각지도 못했던 물건을 얻게 되었기 때문이다.

─그게 무엇이기에 일이 벌어진다는 말씀입니까? 그것도 초강대국 미국의 본토에서 말입니다.

아무리 우러러 보는 성환이지만, 그의 말을 쉽게 받아들이기란 미국이란 나라가 가진 힘을 생각하면 믿기 어려웠다.

그런 고재환의 말에 성환은 조금 전보다도 더 은밀하게 전음을 날렸다.

─미국의 신형 아머슈트의 설계도를 입수했다.

"네, 네? 그게 정말이십니까?"

성환이 미국의 신형 아머슈트의 설계도를 입수했다는 말에 너무 놀란 나머지 고재환은 전음으로 하던 것을 잊고 말소리를 입 밖에 내고 말았다.

다행이라면 혹시라도 먼 거리에서 저격이 있을지 몰라 성환이 자신의 주변에 내공을 이용해 호신강막을 만들어 놓았기에 그의 말소리는 멀리 퍼지지 못했다.

다만 성환의 옆에서 걷던 수진과 진희가 그의 갑작스런 큰 소리에 놀라 재환을 쳐다볼 뿐이다.

사실 호신강기나 호신강막이란 것의 정체는 다름 아닌 압축된 공기층이다.

내공을 이용해 주변의 대기를 압축하여 막(膜)을 만드는 것이다.

그렇다고 공기라 해서 무시할 것이 못되는 게 이렇게 압축된 공기의 막을 뚫기란 웬만한 힘 가지고는 어림도 없었다.

그렇기에 성환은 수진을 보호하기 위해 혹시 모를 사고를 대비해 공항을 나서는 순간부터 이렇게 호신강막을 쳐 놓은 것이다.

그런데 엉뚱한 곳에서 효과를 보게 되었다.

멀리서 성환을 주시하고 있던 자들은 지금 무척이나 혼란스러워하고 있었다.

방금 전 재환의 실수로 두 사람이 뭔가 대화를 나누고 있다는 것을 알 수 있었지만, 무슨 이야기를 하는지 듣지를 못했다.

최첨단 감청 장비를 동원해 감시를 하나, 성환의 주변으로 그 어떤 소리도 들리지 않았기 때문이다.

◈　　◈　　◈

120년의 전통을 가진 세인트 조나단 예술학교의 준비되고 있는 강당, 졸업과 관련된 사람들이 속속 강당으로 모여

들고 있었다.

그런 인파들 속에 성환과 수진의 모습도 보였다.

그리고 수진의 옆에는 오늘까지 수진의 수발을 들어 주던 진희도 함께했다.

사실 오늘 진희는 수진의 졸업에 참석하기보다는 오랜만에 삼촌을 만난 수진과 함께 보내도록 해 주고 싶었지만, 이미 그녀는 수진에게 또 다른 가족이 되어 있었기에 수진이 자신의 졸업을 축하해 달라는 말에 억지로 참석을 했다.

오늘도 원거리에서 보이지 않게 고재환과 그의 팀원들이 주변을 살피며 경호를 하고 있었다.

그런데 주변을 살피는 이들이 고재환과 특별경호팀만이 아니었다.

사실 세인트 조나단 예술학교는 역사가 120년이나 되는 엄청나게 오래된 학교.

그러다 보니 미국 연예계에 많은 인물을 배출을 하였다.

이름에서도 알 수 있듯 세인트 조나단은 처음 선교사들이 세운 학교였다.

1900년대 지역의 어려운 농부들의 자식들을 교육시키는 자원봉사 학교에서 시작했던 세인트 조나단이지만, 졸업생 중 헐리웃에 진출해 스타가 된 인물이 나왔다.

그런데 그 사람은 불우했던 가정환경 속에서도 세인트 조나단을 다니며 학교에서 수녀님과 신부님들께 배웠던 연기로 스타가 되었다.

그 이후 은퇴를 한 뒤 학교로 돌아와 자신이 그동안 배우고 또 실전을 통해 헐리웃에서 갈고 닦은 실력을 후배들에게 가르쳤다.

이렇게 세인트 조나단 출신 유명인들이 속속 출현하면서 어느 순간 세인트 조나단은 연예인 지망생들이 꼭 들어가고 싶은 명문 학교로 불리게 되었다.

그리고 세인트 조나단 출신의 유명인들은 자신들이 그동안 익힌 기술이나 노하우들을 후배들에게 가르치는 것을 마다하지 않았다.

그래서 매년 세인트 조나단의 졸업생들은 그동안 자신들을 가르쳐 준 선배들에게 그동안 자신들이 갈고 닦은 연기를 선보이기 위해 선배들을 초청해 졸업 작품을 선보였다.

이런 세인트 조나단의 졸업식은 시간이 흘러 이제는 오렌지카운티의 하나의 축제가 되었다.

이러다 보니 오늘 졸업식에도 많은 수의 학교 출신 스타들이 자신들의 후배들이 선보이는 졸업 작품을 감상하기 위해 이곳을 찾았다.

그러니 주변에 많은 경호원들과 경찰들이 혹시나 있을 사고에 대비하고자 주변을 경계하고 있었다.

그런데 성환이나 고재환은 이런 세인트 조나단의 상황이 그리 달갑지 않았다.

한국을 떠나기 전 자신이 미국의 신형 아머슈트를 군부에 넘긴 것이 외부에 알려졌다는 말을 들었다.

분명 그 때문에 CIA에서 뭔가 움직임을 보일 것이라 경고를 했다.

그런 이야기를 들었을 때, 성환은 전에 자신을 죽이려고 암살을 시도했던 조직의 정체가 의심되기도 했다.

작년의 일이기도 했지만 당시에는 축적이 불가능해 잠시 잊고 있었다.

하지만 올 봄 중국을 방문했을 때, 소림 원로 중 한 명이라는 제남군구 사령관을 만났을 때, 그 배후를 알게 되었다.

이제는 자신의 부하가 된 그레고리를 사주한 것이 CIA 한국지부였으며, 또 그에게 의뢰를 한 인물이 자신과 악연이 있는 이상덕 의원이란 사실도 알게 되었다.

물론 이상덕 의원과 악연인 것은 전적으로 이상덕 의원이 군 장군 시절 성환을 죽음의 함정으로 밀어 넣은 것뿐이지만, 아무튼 이상덕 의원은 성환을 죽이려고 CIA 한국지부의 의뢰를 한 사실조차 김한수 의원에게 잘 보이기 위해 그러했다는 것을 알게 되었다.

한마디로 이상덕은 자신의 영달을 위해 성환을 한 번도 아니고 두 번이나 죽이려 했다.

물론 그런 위기를 극복하고 지금에 이르렀지만, 아무튼 성환은 이런저런 생각을 하다 이상덕 의원의 일까지 생각이 나자 눈빛이 차가워졌다.

'그러고 보니 그자에게 보답을 하지 않았군!'

성환은 생각이 난 김에 언젠가 이상덕에게 지금까지 자신에게 했던 일들에 관해 보답을 하기로 했다.

이자까지 듬뿍 담아서 말이다.

물론 그 보답을 받고 이상덕 의원이 기뻐할지는 상관하지 않았다.

기뻐할지 기분 나빠할지는 그의 마음이고, 보답을 하는 것은 자신의 마음이니 말이다.

아무튼 성환은 현재 주변에 눈에 띄는 경호원들의 모습이 여간 신경 쓰이는 것이 아니었다.

동기인 세창에게 그런 말까지 들었는데, 자신을 노리는 테러범들이 언제 무슨 짓을 할지 모르기 때문이다.

그리고 겉으로 보기에는 완벽해 보이지만 솔직히 열 포졸이 도둑 하나 못 막는다는 말이 있다.

특히나 요즘에 들어 테러범들의 위장 기술도 많이 발달을 했다.

테러 진압 기술이 발전하는 것보단 그들의 진화가 더 빠른 것이다.

혹시나 경호원들로 위장을 하고 있을지 모르는 일이다.

경호원으로 분장을 한다면 무기를 소지하는 것도 아주 자연스럽게 보일 수도 있는 일이기에 작정을 하고 들어왔다면 솔직히 막기란 여간 어려운 것이 아닐 터.

특히나 자신을 노리고 있는 곳은 다름 아닌 미국의 아니 세계 최고의 정보조직이라 불리는 CIA가 아닌가?

물론 그들이 눈앞에 나타난다고 해서 성환이 겁을 먹은 것은 아니다.

하지만 자신은 걱정이 없지만 조카 수진은 위험할 수도 있다.

만약 그들에 의해 수진에게 무슨 일이라도 생긴다면 아마 그 순간 미국은 2001년 9월에 있었던, 사상 최악의 테러보다 더한 끔찍한 일을 경험할 것이다.

이건 성환이 한국을 떠나오기 전부터 생각하고 있던 일이다.

만약 유일한 피붙이인 수진에게 손톱만큼의 위협이 있을 땐, 그 일에 관여한 모든 이들을 죽여 버리겠다고 다짐을 하고 미국으로 왔다.

"고 전무, 주변에 있는 경호원들의 위치도 빠짐없이 파악하고 있도록 해!"

—알겠습니다.

성환은 원거리에서 이쪽을 주시하고 있을 고재환에게 지시를 내렸다.

그가 이런 지시를 내린 이유는 점점 고조되는 분위기 때문이다.

눈에 보이지는 않지만 시간이 흐를수록 주변에 감도는 기운이 심상치 않았다.

내공을 펼쳐 주변을 살피는 성환의 감각에 마치 정전기가 찌릿하게 피부를 자극하듯 주변의 기운들이 성환의 기감에 포착이 되었다.

뭔가 일이 벌어질 조짐을 포착한 것이다.

◈　　◈　　◈

졸업식이 있을 강당 뒤편에 식당 건물에 일단의 사내들이 모여 있었다.

이들의 가슴에는 로만 출장 뷔페라는 로고가 새겨져 있었으며 그 밑에는 흰색의 플라스틱의 이름표가 달려 있었다.

하지만 이들이 하는 대화를 들어 보면 결코 이들이 평범한 출장 뷔페의 직원이 아님을 알 수 있었다.

"빠진 거 없이 준비했겠지?"

오웬의 말에 무기를 준비하기로 했던 부하가 대답을 했다.

"예! 하지만 C4는 준비하지 못했습니다."

"왜?"

"C4가 아무리 흔하게 쓰이는 것이라고 하지만 추적이 불가능한 물건도 아닐뿐더러 여긴 보는 눈이 너무 많습니다."

"그런 것쯤이야 지원팀이 알아서 할 텐데, 작전 한두 번

하는 거야!"

"하, 하지만!"

말을 하는 부하는 사실 오웬이 지시한 폭약을 준비하지 못해서 그런 말을 하는 것이 아니었다.

사실 오늘 졸업식에는 그의 동생도 참석을 하고 있었다.

만약 작전에 C4처럼 폭발력이 강력한 폭약을 사용했다가는 잘못하다간 자신의 동생도 위험해질 수 있었다.

그래서 추적을 할 수 있다는 변명과 주변에 보는 눈이 너무 많다는 변명을 하게 된 것이다.

물론 그런 부하의 변명을 들어 줄 오웬이 아니었다.

CIA 특작대란 것에 자부심을 느끼던 오웬은 중국에서의 작전 실패로 무척이나 화가 나 있었다.

물론 모든 작전이 성공할 수도 그리고 실패할 수도 있는 일이다.

하지만 승승장구하던 그의 경력에 오점이 된 것도 사실이다.

더욱이 중국 작전은 신형 아머슈트를 지급받고 내려온 첫 작전이었다.

CIA 내 특수작전팀 중 최고이기에 가장 먼저 새로 개발된 신형 아머슈트를 지급받은 것이다.

물론 신형이라 테스트도 겸한 작전이었다.

더군다나 작전 내용이 바로 자신들이 입고 있는 신형 아머슈트의 설계도를 회수하는 것이었다.

그러니 그 중요성은 이루 말할 수 없는 일이었다.

자신의 경력보다 더 중요한 무조건 성공을 했어야 하는 일이었지만 결과적으로 실패했다.

오웬이 더욱 화가 나는 이유는 평소 하찮게 여기던 동양인들이 연관이 되어 실패를 맛봐야 했기 때문이다.

앞으로는 웃으며 친구처럼 굴지만, 뒤로는 음흉하게 음모를 꾸미는 쥐새끼 같은 잽(Jap, 일본 놈)의 방해로 물건을 회수하지 못했다.

뿐만 아니라 냄새나는 청키(chunky, 중국놈)에게 쫓겨 중국을 벗어나던 것이 떠오르자 화를 주체할 수가 없었다.

그런데 그런 고생을 하였는데, 나중에 들은 이야기는 또 다른 동양 놈인 더러운 한국 놈들이 자신들이 회수해야 할 물건을 차지했다는 말이었다.

어떻게 그들이 차지했는지 모르지만 오웬에게는 그것이 중요하지 않았다.

더러운 유색인들이 자신의 앞길을 막았다는 것에 화가 날 뿐이다.

그런데 자신의 앞길을 막은 용의자 중 유력한 놈이 미국에 왔다는 소식을 전해 들었다.

그리고 그를 본부로 데려오라는 지시를 받았다.

오웬은 국장의 지시로 데려가긴 하겠지만 온전한 상태로

데려갈 생각이 없었다.

국장도 멀쩡한 모습으로 데려오라는 말은 없었고, 다만 조심해야 한다는 말을 들었을 뿐이니까.

듣기로 그자가 네이비나 델타포스의 대원들을 가르친 무술의 달인이란 소리를 들었다.

오웬은 그런 정보를 듣고 마침 잘되었다는 생각이 들었다.

감히 자신의 경력에 오점을 남긴 자들 중 한 명에게 복수를 할 수 있는 기회가 찾아왔다.

국장은 가급적 그를 안전하게 생포를 하라고 했지만, 언제나 작전에 변수가 작용을 하는 것 아니겠는가 하는 생각으로 이번 일을 꾸몄다.

그런데 부하가 자신이 지시한 것을 임의로 판단해 무시했다.

이는 감히 있을 수 없는 일이었다.

"Fuck! 누가 네놈에게 그런 판단을 하라고 했나!"

"하지만! 이곳은 민간인들이 있는 곳입니다. 이런 곳에서 C4를 사용했다가는……."

데런은 자신이 C4를 준비하지 않은 것에 화를 내는 상관의 말에 반발심이 생겼다.

무엇 때문에 이곳에서 전쟁터에서나 사용할 법한 C4를 사용하려는지 알 수는 없지만, 자신의 동생이 죽을 수도 있는 위험한 물건을 이곳에 가지고 올 생각이 없었다.

사실 외국의 어느 고등학교 졸업식에 그 물건을 사용한다고 했다면 데런도 아무런 생각 없이 준비를 했을 것이다.

하지만 이곳은 자신의 동생이 있는 장소였다.

그렇기에 오웬이 말에 반발을 하며 부당한 지시에 관해 말을 하려는데, 갑자기 눈앞이 번쩍였다.

펑!

갑작스런 오웬의 공격에 데런은 눈앞이 번쩍이며 바닥에 쓰러졌다.

"죽여 버리겠어!"

오웬은 데런을 공격한 것에 그치지 않고 한쪽에 있던 총을 들어 데런을 겨누었다.

그런 오웬의 갑작스런 모습에 주변에 있던 부하들이 오웬을 붙잡았다.

"보스! 고정하십시오."

"데런을 용서하십시오. 그리고 사실 명령이니 따르지만 이건 뭔가 잘못되었습니다."

갑자기 말리던 부하들이 오웬을 두고 이번 작전 명령에 관해 이상함을 토로하자 오웬도 주춤할 수밖에 없었다.

사실 이번 작전에 C4까지 준비시킨 것은 오웬의 독단적인 판단이었다.

CIA가 국내에서 작전을 하는 것이 한두 번이 아니다.

하지만 그렇다고 C4와 같은 폭약을 동원하는 작전을 한 경우는 한 번도 없었다.

오웬은 위험인물의 포획이란 것을 들어 폭약까지 동원하려고 했었다.

명령이니 부하들이 따른 것이지 이해하고 따른 것은 아니다.

물론 명령 위반은 당연 처벌을 받아야 할 문제이지만, 이번 작전에 C4와 같은 위험물을 준비하지 않았다는 이유로 동료를 죽이려 하는 것은 문제가 있었다.

이런 것을 지적하는 부하들의 모습에 오웬은 머릿속이 차가워지며 자신이 너무 흥분했다는 생각이 들었다.

"내가 좀 흥분을 했군. 좋아, 이 문제는 일단 작전이 끝난 뒤 본부로 돌아가서 다시 처리할 것이니 작전에 차질이 없도록 준비하도록!"

"알겠습니다."

다행히 데런은 즉결 처리되지 않아 목숨을 구할 수 있었다.

하지만 작전이 끝나고 본부에 돌아가면 처벌을 받지 않을 수 없었다.

비록 부당한 명령이었지만 팀장인 오웬이 지시한 것을 데런이 수행하지 않았기에 처벌을 면하기 어려울 것이다.

아무튼 C4의 문제는 일단락되었으나 졸업식장에서 뭔가 파란이 예고되었다.

자국 내에서 테러를 준비하는 CIA 특작대의 내분은 어떤 결과를 가져올 것인지 귀추가 주목되었다.

◈　　◈　　◈

많은 사람들이 졸업식이 진행되는 강당에 모여서 학생들의 졸업 작품을 감상하였다.

아직 학생들이라 그런지 조금은 미비한 점이 보이긴 했지만, 작품 속 몇몇 인물은 당장 연예계로 진출을 해도 손색이 없을 정도로 연기가 훌륭했다.

또 밴드를 결성한 그룹이나 가수가 되기 위해 준비를 했던 이들도 상당한 성과를 보여 연예 기획사에 스카웃이 되는 기염을 토하기도 했다.

확실히 세인트 조나단 예술학교의 졸업식은 이렇게 또 다른 스타 등용문으로 활용되고 있었다.

그런데 갑자기 무대 뒤쪽에서 소란이 일기 시작했다.

"끼약!"

"엄마!"

"오 마이 갓!"

갑작스런 소란에 무대를 보고 있던 사람들은 고개를 갸웃거렸다.

무엇 때문에 이런 소란이 벌어지는 것인지 알지 못했기 때문이다.

하지만 수진의 졸업 작품을 구경하고 있던 성환은 이를 악물었다.

드디어 우려하던 일이 시작되었다는 것을 알 수 있었기 때문이다.

간간히 들리는 총성이 성환의 귀를 때렸다.

그와 동시에 성환의 귀에 다급한 고재환의 전음이 들려왔다.

—기관단총으로 무장을 한 일단의 인물들이 강당을 중심으로 사람들을 몰고 있습니다.

—강당 옥상으로 접근하던 자들은 제압 완료했습니다. 다음 지시를 내려 주시기 바랍니다.

재환의 보고가 있고 바로 강당옥상에 자리하고 있던 박인환 과장에게서 전음이 왔다.

KSS경호의 특별경호팀은 모두 과장급 이상으로, 처음에는 대리급으로 대우를 했지만, 규모가 커지다 보니 이들의 직급이 모두 올라간 때문에 과장으로 승진을 하게 되었다.

아무튼 특별경호 1팀원들이 졸업식장 주변 요소요소에 자리를 잡고 혹시 있을지 모를 불상사에 대비를 하고 있었는데, 정말로 테러가 발생하자 신속하게 처리를 하고 다음 지시를 기다렸다.

—고 전무는 경찰에 연락하고, 강 과장과 김 과장은 혹시

모르니 주변에 폭발물이 설치되었는지 알아봐라!

다른 때 같으면 그들의 이름을 부르며 지시를 했겠지만, 지금은 긴급 상황이기에 간단하게 직급을 부르며 지시를 내렸다.

특별경호팀에 지시를 내린 성환은 자신의 옆에 있는 수진과 진희에게 상황을 설명했다.

"밖에 문제가 생긴 것 같다. 내 옆에서 떨어지지 마라!"

"네, 네!"

성환이 이렇게 수진과 진희에게 경고를 하고 있을 때, 웨이터 복장을 한 일단의 사람들이 총을 들고 강당 안으로 들어와 소리쳤다.

"모두 엎드려!"

타타타탕!

그들은 모두 엎드리란 소리를 지르고 사람들을 위협하기 위해 허공에 총질을 했다.

"꺅!"

"사람 살려!"

처음 상황이 어떤지 깨닫지 못했던 사람들도 총소리가 들리자 그제야 지금 상황이 어떤 것인지 인지하고 비명을 지르기 시작했다.

사실 그들이 총을 들고 강당에 들어왔을 때만 해도, 이것도 학교 측에서 준비한 졸업 이벤트로 생각을 했었다.

설마 경호원들도 많은 이곳에 테러범들이 나타날 것이라고는 상상하지도 못했다.

성환은 이미 저들이 강당 안으로 들어오기 전부터 그들의 거친 숨소리를 포착하고 있었기에 그들이 안으로 들어오기 전에 옆자리에 있는 수진을 의자 밑으로 숨겼다.

4.
테러

세인트 조나단 예술학교에 테러가 발생했다는 소식은 순식간에 미국 전역으로 퍼져 나갔다.

처음 이 소식을 접한 것은 졸업식에 참석하는 사람의 경호원이라 밝힌 남자에 의해 경찰에 신고가 들어오면서였다.

학교에 테러가 발생했다는 신고를 받은 경찰은 신속하게 학교 주변을 통제하기 시작했다.

오렌지카운티 시청은 이번 테러로 인해 골치가 아파졌다.

불과 2년 만에 또 이런 엄청난 사건이 발생을 하자 관광사업이 영향을 받을까 걱정이 된 것이다.

그 때문에 사고 소식을 접한 시장의 긴급 명령으로 신속하게 기동대가 출동을 하고, 테러라는 소식에 FBI에도 연락을 했다.

사실 경찰로써는 자신들의 관할 구역에서 사고가 발생했는데, 연방수사국[FBI]에 신고를 하는 것에 불만이 있었지만 어쩔 수가 없었다.

사고 발생 지역에 있는 유명인사가 너무도 많았다.

만약 그들에게 사고가 발생을 한다면, 그 후폭풍을 오렌지 카운티 경찰만으로는 감당이 되지 않았기 때문이다.

그래서 차라리 상급기관인 FBI에 사건을 이관하고 자신들은 그들의 지시를 받는 쪽으로 방향을 잡았다.

◈　　◈　　◈

CIA 본부에서 휴식을 취하고 있던 존 하워드는 갑작스런 부하의 다급한 보고에 인상을 찡그렸다.

"내가 쉬고 있을 땐, 방해하지 말라고 했지! 도대체 무슨 일이기에 이렇게 호들갑이야!"

휴식을 방해받은 그는 부하가 튼 TV를 보고 인상을 구기고 말았다.

―캘리포니아 오렌지카운티에서 발생한 테러로…… 신속한 대응으로…….

TV에서 들려오는 테러소식에 존 하워드는 도저히 사실을 믿을 수 없다는 표정으로 부하를 보았다.

"설마?"

사실을 부정하고 싶은 심정으로 존 하워드는 부하에게 물었다.

국내에서 벌이는 일이라 최대한 은밀하게 진행이 되었어야할 작전이 만천하에 까발려진 것에 대하여 도저히 믿고 싶지 않았다.

어떻게 천하의 CIA가 그런 간단한 작전을, 그것도 일반 신입들도 하지 않을 일을 최고 중의 최고라고 알려진 CIA 특작대에서 저렇게 허술하게 작전을 펼쳤는지 도저히 믿을 수가 없었다.

TV모니터에선 연신 방송국 카메라가 학교 주변을 촬영하여 전국으로 사고 소식을 내보내고 있었다.

—FBI의 발표에 의하면 세인트 조나단 예술학교에 침입한 테러범들의 정체는 아직 정확하게 밝혀진 것은 없지만, 그들의 행동 양식으로 짐작해 볼 때, 전문적인 훈련을 받은 프로페셔널이라 하였습니다. 아무쪼록 이번 사태가 아무런 피해가 없이 무사히 끝나길 바랍니다. CMM에서 바바라 맥컬린였습니다.

사고 현장을 방송하고 있던 사람은 2년 전 이곳 오렌지카 운티 총격사건 당시 피의자였던 션 맥컬린의 엄마인 바바라 였다.

그녀는 당시 지역 방송국인 ABS방송의 앵커였는데, 지금 은 전 세계를 대상으로 뉴스를 방송하는 CMM으로 자리를 옮겨 뉴스를 진행하고 있었다.

중년의 나이지만 곱게 나이를 먹은 그녀의 뉴스 진행은 긴 박한 현장 상황을 여과 없이 잘 조명하고 있었지만 그런 그 녀의 뉴스도 존 하워드 국장의 눈에는 들어오지 않고 있었 다.

그의 눈을 사로잡고 있는 것은 화면 하단에 작은 창으로 이번 사건의 책임자로 나선 FBI 책임자의 얼굴에 가 있었 다.

알게 모르게 FBI와 CIA는 국내에서 첨예한 대립을 하고 있었다.

마치 숙적이나 되는 것처럼 대립을 하고 있는 모습은 이들 이 같은 조국의 안보를 책임지는 정보단체라는 사실이 무색 할 정도였다.

국내 안보를 책임지는 FBI나, 해외의 첩보를 수집해 미 국의 안보를 확보하는 조직인 CIA의 대립은 사실 오래된 태생의 문제로부터 비롯되었다.

CIA가 원래는 FBI의 한 부서에서 시작이 되었기에 FBI

는 내부적으로 CIA를 내려다보고 있었다.

오래전에 그들에게서 독립해 거대 조직으로 탈바꿈이 된 지금에도 그런 경향이 내려오고 있고, 또 그런 FBI의 태도에 자신들보다 규모면에서 훨씬 작은 FBI의 그런 태도를 CIA에서는 못마땅하게 생각하고 있었다.

그렇다 보니 미국의 안보를 다루는 일에서부터 첨예하게 대립을 하고 있는 것이 마치 조선시대 당파 싸움을 연상케 할 정도로 심했다.

상대의 약점을 잡기 위해 상대를 감시하기도 하고, 때로는 납치와 암살도 서슴지 않았다.

그러다 보니 지금 존 하워드는 FBI에 약점을 드러낸 오웬 하트가 괘심했다.

이번 일로 백악관에 들어가 대통령에게 들어야 할 잔소리를 생각하면 머리가 벌써부터 아파 왔다.

아니, 대통령에게 잔소리만 들으면 상관이 없었다.

그곳에서 봐야 할 수적의 얼굴과 그의 비웃음을 생각하니, 만약 이 자리에 오웬 하트가 있다면 바로 묵사발을 만들어 버리고 싶어졌다.

"그와 연락이 되나?"

"죄송합니다. 작전에 들어간다는 보고와 함께 연락이 끊겼습니다."

확실히 부하에게 질문을 하기는 했지만, 자신도 연락이 되지 않을 것을 알고 있었다.

작전에 들어갈 때는 외부와의 교신이 되지 않았다.

그건 작전에 집중을 하기 위해 내부 교신만 하기 때문이다.

그러니 TV화면에 나온 것처럼 이미 작전에 들어간 상황이고, 또 방송에 나갈 정도면 연락을 하지 않는 게 더 좋을 것이란 생각도 들었다.

만일 억지로 연락을 취한다면 못할 것도 없다.

팀장과 본부와는 비상 라인으로 통화할 수단이 있기는 하다.

하지만 그렇게 연락을 주고받다가는 추적을 받을 수가 있었다.

2001년 9.11테러 이후 미국은 테러와의 전쟁을 수행하고 있었다.

그 전쟁은 20년이 흐른 지금에도 아직 끝나지 않았다.

매년 늘어가는 테러로 인해 미국은 전 국민이 테러에 대한 스트레스가 심각했다.

한참을 어떻게 할 것인지 고심을 하던 하워드 국장은 차가운 표정으로 지시를 내렸다.

"레온, 저들의 정보를 지워!"

"알겠습니다."

하워드 국장의 분노를 지켜보던 레온은 그의 명령에 얼른 대답을 하고 자리를 떠났다.

어차피 저들은 극비의 존재였다.

즉, 공식 문서에는 저들의 존재가 어느 곳에도 나와 있지 않았다.

하지만 CIA 메인 컴퓨터 비밀 파일에는 기록이 남아 있었다.

그 자료는 국장과 몇몇 CIA 간부, 그리고 당사자들만 열람이 가능한 파일이었다.

즉, 미국 최고 통수권자인 대통령도 CIA 특작대의 정보는 알 수 없었다.

하지만 FBI라면 어떻게 해서든 저들의 정보를 찾으려 할 것이다.

FBI 역시 CIA 못지않게 정보 수집 능력이 뛰어나기에 작은 꼬투리라도 잡혔다가는 조직이 상당한 피해를 입을 수도 있었다.

그래서 아직 그들이 잡히기 전에 그들의 자료를 완벽하게 삭제하려는 것이다.

아무리 CIA에서 막대한 예산을 들여 만든 보안 시스템이라고 하지만, 대통령의 허가가 떨어지면 개방을 해야만 한다.

FBI는 국내 보안을 책임지는 부서이다 보니, 사고를 친이들이 CIA 소속이란 의심이 들면 전 방위적으로 조사할 것이 확실했다.

하워드는 그것을 대비해 저들의 기록을 삭제하는 한편 혹시 모를 의심을 피하기 위해 새로운 신분으로 위장을 시켜 놓을 것을 지시했다.

만약의 사태가 벌어질 때를 대비해 오래전 만들어 놓은 매뉴얼이 있어 다행이라면 다행이었다.

'병신! 그렇게 자신을 하더니 그런 간단한 작전 하나 제대로 못하고 실수를 하다니!'

첩보원의 세계에서 실수란 용납이 되지 않았다.

실수는 실패를 낳고, 실패는 죽음으로 이어진다.

저들은 작전의 실패로 죽을 것이다.

현장에서 경찰들에게 사살이 되든, 아니면 작전의 실패를 깨닫고 자살을 하든, 그것도 아니면 도망을 치다 청소부의 방문을 받든 말이다.

CIA에는 저렇게 작전을 실패해 조직을 위기에 빠뜨릴 수 있는 위험인물이나, 아니면 조직의 비밀을 많이 알고 있으면서 침묵 서약을 위반한 배신자들을 처리하는 이들이 있었다.

그들을 일컬어 청소부라 불렀다.

청소부들은 오랜 첩보원으로 활동을 하다 은퇴한 이들이 하는 경우도 있고, 또 그것이 아니면 뛰어난 암살자이지만 CIA에 포섭이 되어 그런 일을 대신해 주는 이들도 있었다.

'누가 좋을까?'

하워드는 일단 작전에 실패한 그들을 지우기로 마음을 굳히고 저들을 처리하기 위해 누굴 보낼 것인지 고민을 하기 시작했다.

사실 웬만한 청소부를 보냈다가는 오히려 저들에게 당할 수도 있기 때문이다.

어찌 되었든 저들은 CIA 내에서도 극비의 존재들이다.

◆　　◆　　◆

이미 자신들의 작전이 실패한지도 모르는 오웬의 팀은 강당 안으로 들어오며 민간인들을 위협하며 사람들을 한곳으로 몰아넣었다.

그가 인질들을 그렇게 한 이유는 인질 관리의 효율을 위해서였다.

"조커! 넌 저기 스타들을 보건실로 옮겨라! 배트맨! 넌 일반인들 중 성인 남성을……."

오웬을 비롯한 CIA 특작대는 오늘 작전을 위해 할로윈에 사용하는 코스프레 가면을 준비했다.

주변에 설치되어 있는 CCTV에 혹시나 자신들의 얼굴이 찍혀 신분이 들통 날 수 있기 때문에 준비한 것이다.

그리고 이름도 가면의 주인공의 이름을 부르도록 약속을

했기에 그렇게 가면을 쓰고 있는 이들을 부르며 지시를 내렸다.

오웬의 명령이 떨어지자 부하들은 각자 받은 명령대로 움직이며 인질들을 분류하여 강당에 딸린 시설에 가두었다.

저 앞에서 오웬의 부하들이 사람들을 분류를 하고 있을 때, 성환은 불안에 떨고 있는 수진을 안정시키며 조용히 저들의 지시를 따라 움직이라고 말했다.

"수진아, 진희의 옆에서 떨어지지 말고 조금만 기다려라. 곧 모든 상황이 끝날 것이니."

성환의 말에 수진은 작은 목소리로 대답을 하며 고개를 끄덕였다.

"네."

언제나 든든한 삼촌의 말에 불안했던 마음은 언제 그랬는지 안정이 되었다.

"일어나!"

스파이더맨 가면을 쓴 남자가 총을 들어 위협을 하며 수진과 진희를 일으켜 세웠다.

그리고 그들을 데리고 강당을 빠져나갔다.

한편 오웬은 부하들이 자신이 지시한대로 움직이자 외부 경계를 하는 부하를 불렀다.

"울프! 지금 밖의 상황은 어때? 울프!"

현재 강당은 자신들이 장악을 했지만 일이 끝나고 자신들이 빠져나갈 일을 대비해 밖의 사정을 잘 알아야만 했기에, 옥상에 자리하기로 했던 부하를 불렀다.

하지만 무슨 일인지 그는 대답이 없었다.

사실 오웬이 찾은 인물은 학교에 침입해 가장 먼저 제압된 인물이었다.

그런데 대답이 없는 부하 말고 다른 부하가 자신이 부르지도 않았는데, 무전을 받았다.

─캡틴! 이상합니다.

부르지도 않는 부하가 나와 이상하다는 말을 하자 오웬은 짜증이 났다.

작전에 들어가기 전부터 부하 중 한 명이 자신의 명령에 불복을 하더니, 이번에도 또 평소와 다르게 부르지도 않았는데 중간에 또 다른 부하가 자신의 명령에 불복을 한 것이다.

"이 자식들이! 지금 내 지시에 항명하는 거냐!"

짜증이 난 오웬은 무전기에 대고 고함을 쳤다.

하지만 무전기에서는 다급한 목소리가 들려오면서 오웬의 짜증은 금방 끝나고 당혹감으로 물들었다.

─누, 누구 퍽! 털썩! 삑!

"잭! 잭! 무슨 일이야! 대답해!"

무전기 너머로 이상한 소리가 들리더니 무전이 끊겼다.

아무리 불러도 방금 자신과 통화를 한 잭은 더 이상 대답이 없었고, 그뿐 아니라 잭이 들고 있던 무전기를 누군가 꺼버렸다.

분명 무전기 너머로 들린 것은 잭이 누군가에게 공격을 받는 소리였다.

공격을 받은 잭이 자신의 물음에 대답을 하지 않는다는 것은 이미 잭이 적에게 제압이 되었다는 소리였다.

뭔가 자신이 예상하지 못한 일이 벌어지고 있음을 깨달은 오웬은 얼른 자신의 곁에 있는 부하에게 지시를 내렸다.

"링컨! 배트맨이 오면 같이 잭이 있던 구역을 살펴봐!"

"알겠습니다."

링컨이라 불린 남자도 오웬의 무전을 옆에서 들어 뭔가 일이 잘못되었다는 것을 알았다.

그렇기에 오웬의 지시에 아무런 의문 없이 바로 대답을 했다.

비록 그들과 멀리 떨어진 곳에 있던 성환이지만 그들의 무전을 모두 들을 수 있었다.

이미 저들이 강당으로 들어오기 전부터 몸에 내력을 끌어올려 신체를 활성화시켜 두고 있었다.

내공이 몸 곳곳에 고루 퍼지며 세포를 깨웠다.

성환이 그렇게 신체를 깨우고 있을 때, 성환의 차례가 왔다.

남자는 자신들이 잡으려 하는 성환이 지금 자신의 앞에 있는 남자란 사실을 모르고 있었다.

졸업식장에는 많은 사람들이 있고, 동양인도 꽤 있었다.

세인트 조나단의 문이 오늘만큼은 모든 사람들에게 개방이 되어 있었기 때문에 학교 근처에 있는 많은 사람들이 세인트 조나단의 졸업생들이 준비한 작품들을 감상하기 위해 모여 있었다.

그리고 그 안에는 성환과 같은 동양인이 많았다.

동양인들이 외국인들의 얼굴을 구별하지 못하는 것처럼, 그들도 동양인의 얼굴을 잘 구별하지 못한다.

뭔가 얼굴에 특징이 있다면 그것을 기억해 구별을 하겠지만, 성환의 얼굴은 그런 특징이 없었다.

무공을 익히면서 탈태환골하면서 군에서 훈련을 받으며 생겼던 상처들이 모두 사라져 버렸기 때문이다.

동양인 치고는 큰 키에 잘생긴 외모이긴 하지만, 외국인의 눈에는 그 얼굴이 그 얼굴인 것이다.

그러니 작전에 들어가기 전 성환의 사진을 숙지했다고 하나, 아직까지 확실하게 구분을 하지 못했다.

총을 들이밀며 성환과 성환 주변에 있던 성인 남성들을 압박하며 강당 밖으로 끌고 가기 시작했다.

성환은 그런 테러범들의 지시를 따르며 더욱 기감을 퍼뜨렸다.

퍼뜨린 기감에 주변의 상황이 마치 엑스레이 투시된 것처럼 포착이 되었다.

'흠, 수진이와 진희는 같은 방에 수용이 되었군!'

수진과 진희가 감금된 곳을 확인한 성환은 조금 더 내력을 끌어 올려 내공을 더욱 넓게 퍼뜨렸다.

성환이 퍼뜨린 내공은 강당 건물 전체를 감쌀 정도로 커져 나갔다.

점점 커지며 내공이 건물 벽을 통화하며 정보를 알려 왔다.

사실 강당의 벽이 더욱 단단한 구조에 두께가 두꺼운 벽이었다면 아무리 성환이라도 세세한 정보를 포착할 수 없었을 것이다.

◈　　◈　　◈

성환이 살펴본 테러범들의 숫자는 그리 많은 인원이 아니었다.

다만 그들이 휴대하고 있는 무기가 무엇이냐는 것이 문제일 뿐이었다.

물론 테러범들의 무기가 무엇이든 자신을 상하게 할 수 있는 것은 아무것도 없다는 사실을 알지만 다른 사람들이 문제였다.

여기서 괜히 자신이 함부로 나섰다 다른 사람들이 피해를 입게 된다면 나중에 문제가 될 소지가 있었다.

특히나 자신의 정체를 알게 된 미국 정부에서 어떻게 나올
지는 불을 보듯 뻔했다.

자신을 미국에 억류하기 위해 더 나아가서 자신들의 이익
을 위해 어떻게든 이번 사태를 자신들의 유리한 쪽으로 여론
을 몰아갈 것이 분명했다.

그러니 조금 더 사태를 지켜볼 필요가 있었다.

"모두 들어가!"

거친 테러범의 지시에 겁을 먹은 사람들이 불안에 떨며 어
떤 방으로 들어갔다.

사람들이 방 안으로 모두 들어가자 테러범 중 한 명이 소
리를 질렀다.

"모두 자리에 앉아 고개를 숙여! 어서!"

거친 말투에 겁을 먹은 사람들은 그의 지시대로 자리에 앉
아 고개를 숙였다.

"우릴 어쩔 것입니까?"

하지만 어디나 분위기 파악을 하지 못하고 나서는 사람이
있기 마련이다.

그런 사람들은 자신의 생명이 위험한 지경인데도 주변 사
람들에게 자신이 뭔가 있어 보이는 듯한 인식을 주기 위해
만용을 부리는 것이다.

역시나 테러범은 자신에게 질문을 던지는 사내를 거칠게

구타하기 시작했다.

"누가 말하라고 했어! 이 새끼야!"

퍽! 퍽! 퍽!

한참 동안 폭행을 한 테러범은 나섰던 사람을 한쪽 구석으로 던져두고 말을 했다.

"지금부터 어떠한 말도, 질문도 용납하지 않는다. 말을 할 수 있는 것은 우리뿐이고, 너희는 그저 우리가 시키는 지시만 잘 따르면 아무런 피해 없이 무사히 집으로 돌아갈 수 있을 것이다."

벌써 한 명의 피해자가 나왔다.

그는 정말이지 본보기로 호되게 당했다.

그런 때문이지 사람들은 공포에 젖어 테러범의 지시에 아무런 대답도 하지 못하고 고개를 숙였다.

'사람을 다룰 줄 아는군!'

역시나 테러범들의 행동에서 이들이 이런 일을 한두 번 해본 것이 아니란 것을 짐작할 수 있었다.

분명 자신들이 성인 남자들을 한 방에 가두면 누군가 나서는 자가 있을 것을 알고 있고, 그런 사람을 본보기를 보인다면 통제가 편하단 것을 알고 그대로 수행했다.

이런 것들은 모두 성환도 군대에 있을 때 모두 배운 교리였다.

특수부대들이 적진에 침투했을 때, 기본적으로 행하는 적정의 혼란을 야기 시키기 위한 수단으로 테러를 감행할 때, 초기 시행하는 절차다.

포로를 확보하고 공포를 통해 군중들의 심리를 극도의 불안감에 싸이게 하면서도 공포를 통해 자신들의 목적을 수행하기 편한 상태로 만드는 것이다.

이렇게 공포를 적절히 이용을 하면 어느 순간 인질들에게서 보다 적극적인 협조를 받아 내는 단계로 넘어가게 된다.

인간은 무척이나 이기적인 동물이라 자신의 안전을 위해선 주변의 동료도 잔인하게 버릴 수 있었다.

그것이 아무리 피를 나눈 형제자매라 해도 말이다.

이런 것을 바로 스톡홀름 신드롬이라 한다.

납치범에 인질이 동화되어 오히려 납치범을 돕는 정신병의 일종으로 아마도 테러범들은 이런 것을 유도해 이용할 수도 있었다.

물론 이들에게 시간이 많이 있다면 그럴 수도 있지만 아닐 수도 있었다.

아직 테러범들은 아는지 모르는지 잘 모르겠지만, 이미 이곳의 상황은 외부에 알려졌다.

테러범들도 곧 이런 상황을 깨닫고 다른 행동을 보일 것이 분명했다.

성환은 이런저런 생각을 하다, 어찌 되었든 자신이 행동에 옮겨야 한다는 결론에 도달했다.

상황을 지켜보는 것도 중요하지만, 만약 외부의 상황을 테러범들이 알게 된다면 이곳의 상황이 어떻게 바뀔지 모르기 때문이다.

테러범들이 자신들의 상황을 알 수 없을 때 움직이는 편이 변수를 최대한 줄이는 것이란 판단이 선 성환은, 자신들을 감금한 테러범이 보고를 하러 나가자 자신들을 감시하는 것은 문밖에 있는 사람 혼자란 것을 알자 행동에 나섰다.

하지만 이런 성환의 움직임을 방해하는 것이 있었다.

"지금 뭐하려는 거요. 저들의 말 못 들었어? 움직이지 말고 그냥 저들의 지시대로 해."

낮지만 자신의 안위를 걱정해 성환의 행동을 막는 남자의 모습은 성환으로 하여금 연민을 느끼게 하기보단 역겨운 생각이 들었다.

"지금 이곳 어딘가에는 당신의 아내나 자녀들이 테러범에게 감금되어 떨고 있을 텐데, 그렇게 자신의 안위가 걱정이 되는 것인가?"

성환은 말소리가 밖으로 새어 나가지 않게 낮게 말했지만, 그 말 속에는 힘이 있었다.

약간의 내공을 이용해 자신의 행동을 방해하려는 남자를 압박했다.

그 때문인지 남자는 금세 꼬리를 말고 성환의 곁에서 멀어졌다.

그리고 성환의 주변에 있던 다른 남자들도 성환의 말에 부끄러워 고개를 살짝 돌렸다.

하지만 성환의 말에 부끄러워하면서도 움직이지 않는 사람이 있는 반면 성환의 말에 용기를 낸 사람도 있었다.

"사람들을 구하러 가시려는 것이라면 저도 돕겠습니다."

하지만 성환은 테러범들이 전문적인 훈련을 받은 프로들이란 것을 알고 있기에 자신을 돕겠다고 나선 이들을 진정시켰다.

"마음은 고맙지만 지금은 별 도움이 되지 않습니다."

"그게 무슨 말입니까?"

성환이 자신의 말을 거절하자 이해가 되지 않은 남자는 고개를 갸웃거리며 질문을 했다.

그리고 그와 비슷한 생각으로 성환의 곁으로 모이던 사람들도 성환이 왜 자신들의 도움을 거절했는지 이해가 가지 않아 성환을 주시하며 이유를 물었다.

사람들의 시선이 자신에게 모이자 성환은 현 상황을 객관적으로 사람들에게 들려주었다.

"내 판단에는 저들은 단순한 테러범들이 아니오?"

"그런 판단을 하는 기준이 뭡니까?"

"비록 내가 미국인은 아니지만, 내 나라에서 특수부대에 근무를 했던 사람입니다."

성환은 자신의 신분과 자신이 군대에 있을 때 어떤 것을 배웠는지 사람들에게 설명을 했다.

이것은 혹시나 자신의 말에도 나서려다 일을 더 복잡하게 만들까 우려해 자신의 말에 신빙성을 부여하기 위해 설명을 한 것이다.

"저들의 행동을 종합해 보면 테러범들이 그저 몇 주 훈련만 마친 테러범들이 아닌 정규 훈련을 받은 군인들이나 그에 준하는 조직의 행동대로 보입니다."

"음……."

성환의 설명을 들은 사람들은 모두 신음을 흘렸다.

그저 단순한 테러범들에게 붙잡힌 것이 아니라 전문가들에게 붙잡혔다는 말에 절로 신음을 흘릴 수밖에 없었다.

"그럼 우린 어떻게 해야 합니까?"

이때 신음을 흘리는 사람들 속에서 처음 성환에게 용기를 내 말했던 사람이 다시금 물었다.

"내가 밖으로 나가면, 여러분들은 여기 있는 집기들을 문 앞에 쌓아 저들이 방 안으로 들어오지 못하게 막으십시오. 저들은 모르고 있지만, 이미 이곳의 사정은 외부에 알려졌습니다."

성환이 이미 이곳의 상황이 외부에 알려졌다는 말하자 사람들은 모두 환한 얼굴로 희망에 부풀었다.

"그런데 그것을 어떻게 알고 있는 것입니까?"

어디나 그렇듯 성환이 사람들에게 희망에 대하여 이야길

들려주고 있을 때, 그 말에 초를 치는 사람이 있었다.

하지만 그것은 성환이 바로 답변을 함으로써 쏙 들어갔다.

"조금 전에도 이야기를 했지만 난 내 나라에서 경호업을 하고 있는 사람이오. 이곳에는 내 조카를 경호하기 위해 회사 소속 경호원들이 배치되어 있었소."

경호원들이 포진하고 있었다는 말을 듣고 고개를 끄덕였다.

여기 있는 사람들도 오늘 세인트 조나단의 졸업식에 참석하는 사람들 중 경호원을 데려온 이들이 많다는 것을 알고 있었다.

그런데 눈앞에 있는 젊은 사람도 경호원들을 데려왔다는 말에 깜짝 놀랄 수밖에 없었다.

동양인들이 나이에 비해 동안이란 것을 알고 있지만, 설마 한 회사의 오너일 줄은 이들은 상상도 못했다.

경우 20대로 보이는 남자가 사실은 군대도 몇 년씩 다녀온 사람이고, 경호 회사 같은 험한 직종의 오너라는 것이 놀라웠다.

"저희 직원들이 테러범들을 상대하고 있으니 안전이 확보될 때까지 이곳에서 움직이지 말고, 저들이 안으로 들어오지 못하도록 막고만 있으면 됩니다."

성환은 자신의 말이 어느 정도 통한 듯하자 바로 쇄기를 박았다.

"알겠습니다. 그럼 당신의 말을 믿고 이곳에서 기다리겠습니다."

마음은 자신들도 나서서 성환을 도와 자신들의 가족을 구출하고 싶지만, 그것이 혹시나 해가 될까 봐 성환에게 부탁한다는 말을 하고 자리에 앉았다.

"걱정하지 마십시오."

"내 이름은 샘 헤밀턴이라고 합니다. 나도 작은 회사를 운영하고 있지만, 만약 이번 위기를 극복하게 된다면 내가 감당할 수 있는 범위에서 당신의 소원을 들어주겠소."

호주에서 상당 규모의 호텔 사업하는 샘 헤밀턴은 오렌지 카운티에 관광을 왔다가 세인트 조나단 예술학교 졸업식이란 이벤트를 맞아 구경을 하러 왔다가 이런 일을 겪게 되었다.

사랑하는 아내와 딸과 헤어져 이렇게 감금당해, 정말로 아내와 딸이 걱정이 되었다.

그런데 지금 눈앞의 남자가 그들을 구출해 주겠다고 하니, 만약 그 말이 실현된다면 자신의 역량에 한해서 그의 소원을 들어줄 용의가 있었다.

하지만 성환은 그런 것을 원해 나서려는 것이 아니었기에 그의 말을 거절했다.

"그렇게 하지 않아도 됩니다. 제가 나서려는 것도 사실 이 세상에 하나뿐인 조카가 저들에 의해 인질이 되어 구하려고 움직이는 것뿐입니다."

"잘 알겠습니다. 잘 부탁드립니다. 꼭 제 가족을 구해 주십시오."

어느 순간 방 안의 사람들은 모두 성환에게 기대를 하게 되었다.

그의 말을 들으면 자신들은 물론이고 가족들까지 모두 무사히 구출이 될 것만 같은 믿음이 생겼다.

무엇 때문에 그런 느낌이 드는 것인지는 모르지만 사람들은 성환의 말을 믿었다.

사실 이것은 모두 성환이 말을 하면서 말 속에 내공을 운용해 음공을 시전 하였기 때문이다.

음공이라고 해서 모두 이런 효과를 내는 것은 아니지만 적절한 시점에 사람들이 자신에게 호감을 느꼈을 때 사용을 하면 이런 효과도 있었다.

그렇기에 처음 성환의 말에 거부감을 느꼈던 사람도 어느 순간 성환의 말에 넘어가 이렇게 다른 사람들과 같은 반응을 보이고 있었다.

방안의 사람들을 진정시킨 성환은 자신이 나가면 문을 굳게 봉쇄하라는 말을 하고 밖으로 나가기 위해 문밖을 살폈다.

그런 성환의 뒤에서 그가 성공하기를 사람들은 손을 모아기도를 했다.

부스럭! 부스럭!

문밖에 테러범이 있는 것을 확인한 성환은 일부러 그가 듣도록 소리를 냈다.

딸깍!

"뭐가 이리 시끄러워! 조용히 안……."

퍽!

테러범은 인질들이 갇힌 방에서 소음이 들리자 문을 열고 들어오다 성환의 기습을 받고 쓰러졌다.

방으로 들어오던 테러범을 제압한 성환은 그가 들고 있던 총을 뺏고, 그가 신고 있던 신발의 끈을 빼 묶었다.

테러범이 완전 제압이 되자 성환은 사람들에게 그자를 넘기고 밖으로 나왔다.

밖으로 나온 성환은 아까 끌려오기 전 다른 인질들이 갇힌 방을 향해 움직였다.

테러범들은 용의주도하게 인질들을 사방으로 흩어 놓았다.

나중에라도 인질들이 기동대에 구출이 되더라도 다른 인질들을 쉽게 구출하지 못하게 하기 위해서였다.

분명 시간이 지나면 이곳의 사정이 외부에 알려질 게 분명했고, 그러다 보면 경찰 특공대가 출동할 것은 불을 보듯 빤했다.

물론 그것이 두려운 것은 아니지만 그래도 자국의 경찰과 민간인들을 상대로 테러를 벌이는 일이기에 오웬이나 그의 부하들도 웬만하면 자신들의 손으로 인질들을 상대로 총을 쏘는 상황이 없기를 바라면 그렇게 조치를 했다.

그래야 자신들이 목적을 이루고 탈출하는 시간을 벌 수 있기 때문이다.

◆　　◆　　◆

FBI 캘리포니아 지역을 담당하는 존 쿠거는 테러가 발생한 세인트 조나단 예술학교로 출동을 하였다.

사실 지부장인 존 쿠거가 이런 현장에 나타나는 것은 무척이나 이례적인 경우였다.

하지만 그가 세인트 조나단에 나타난 것은 상부의 지시 때문이었다.

현장 담당이라면 반장 급이면 충분했지만, 들어온 정보에 의하면 이번에 세인트 조나단에 사고를 친 자들이 결코 평범한 테러범들이 아니란 사실이었다.

만약 정보가 사실이라면 이건 크나큰 혼란을 야기할 뿐 아니라 나라가 뒤집어질 일이었다.

그 때문에 어떻게든 정보 통제를 위해 지부장인 존 쿠거가 나서게 된 것이다.

존 쿠거는 사건 현장에 나서면서도 속으로 참 기가 막혔다.

어떻게 현직 CIA 요원이 자국 내에서 테러를 하려고 계획을 했는지 알 수가 없었다.

아무리 권력을 위해서 막 나간다고 해도 이건 아니었다.

미국의 근간은 대통령도, 정부도 아니고, 모든 권력은 국민에게서 나온다.

말만 주권이 국민에게 있는 것이 아니라, 정말로 국민이 들고 일어난다면 나라가 전복될 수도 있는 문제였다.

미국은 매년 끊임없이 벌어지는 총기 사고를 막기 위해 총기 규제를 해 오고 있었다.

그게 민주당이든 공화당이든 어느 정당이 정권을 잡던 총기 규제를 하려고 노력을 했다.

하지만 미국인 중 일부는 그런 총기 규제를 자신들의 권리를 침해하는 것이라 주장하며 반발을 하고 있었다.

그 대표적인 곳이 바로 미국 총포 협회다.

세계 1위를 달리는 이익집단인 미국 총포 협회의 로비로 아직도 개인의 총기 소유 규제 법안이 의회에서 통과되지 못하고 계류 중이다.

그런데 이런 상태에서 만약 정부기구 중 한 곳인 CIA가 자국민을 상대로 테러를 모의했다는 것이 밝혀진다면 어떻게 될 것인지 불을 보듯 빤했다.

아니, 총기 규제를 떠나 이건 말도 되지 않는 일이었다.

예전 CIA가 에셜론이란 정보통신 프로젝트를 통해 정부인사는 물론이고, 민간인들까지 도감청을 했다는 내부 고발자에 의해 세상에 알려졌을 때, 전 세계적으로 큰 파장을 일으켰다.

그 일로 미국은 도덕적으로 치명적인 타격을 입을 수밖에 없었다.

물론 일부에선 그 내부 고발자를 매국 행위를 한 매국노라고 부르는 사람들도 있었다.

그렇지만 CIA의 행위가 정당화되는 것은 아니다.

아무리 자국의 이익을 위해서, 테러 방지를 위한 계획이라고 하지만, 정부기구가 민간인을 사찰하고, 동맹국을 도청했다는 것은 어떤 이유에서건 정당화 될 수 없는 문제였다.

그런데 지금 그보다 더한 일이 벌어졌다.

어떻게 자국민을 지켜야 할 정부기구가 자국민을 상대로 테러를 자행할 수 있단 말인가.

이것은 이전의 그 어떤 비이성적인 프로젝트보다 더 이성적이지 못한 일이었다.

범인들을 잡는 것도 잡는 것이지만, 테러범에 대한 그 어떤 정보도 외부로 흘러가서는 안 되는 문제라 존 쿠거도 현장에 다가가면서도 표정이 절로 굳어졌다.

"어떻게 됐어?"

"아직까지 별다른 이상이 없습니다. 그런데 정말로 테러가 발생한 것이 맞습니까?"

쿠거의 질문에 먼저 현장에 도착한 도노반 반장이 물었다.

확실히 겉으로 봐선 사고 현장에 테러가 발생했다는 어떤 낌새도 보이지 않고 있었다.

하지만 곧 급박한 무전이 날아와 이곳이 정말로 사건 현장임을 알렸다.

타타타타!

현장 주변에는 방송국 헬기 뿐 아니라 FBI의 헬기도 떠 있었다.

─찌직! 건물 옥상에 사람의 모습이 보인다. 음! 옥상에 있는 사람 중 한 명이 우리에게 뭔가 신호를 보내고 있다.

"나, 지부장이다. 그게 무슨 말이야!"

존 쿠거는 헬기에서 날아온 무전으로 그게 무슨 말인지 자세히 물었다.

그런 쿠거의 질문에 잠시 뒤 헬기에서 다시 무전이 날아왔다.

─신호를 보내는 자의 신원을 확인할 수는 없지만, 그가 보낸 신호를 해석한 결과 옥상은 상황 정리가 되었다. 다시 한 번 반복한다. 옥상은 상황 정리되었다.

존 쿠거는 무전 내용을 듣다 황당해졌다.

옥상에 있는 사람이 누구기에 CIA 요원으로 짐작되는 이들을 제압했다는 것인지 알 수가 없었다.

그러면서 사건 현장에 무슨 일이 벌어지고 있는지도 이제는 헛갈리기 시작했다.

분명 현장 책임자는 FBI 지부장인 자신의 통제 하에 있어야 하는데, 자신도 모르는 인물이 벌써 현장에 투입이 되었단 말인가, 하는 의문이 들었다.

의문이 들자 먼저 현장에 출동한 도노반 반장에게 고개를 돌리고 물었다.

"반장! 혹시 현장에 경찰특공대[S.WA.T]가 출동한 것인가?"

"아닙니다. 사건 접수를 받고 저희가 바로 현장 접수했기 때문에 오렌지카운티 경찰특공대는 현재 저희 통제 아래, 대기 하고 있습니다."

"그럼 방금 전 무전에 나온 이는 누구란 말이야!"

"음…… 아무래도…….."

도노반은 상관의 질문에 한참을 고민을 하다 뭔가 생각이 났는지 자신의 생각을 말했다.

"아무래도 이곳을 찾은 학부형들의 보디가드인 것 같습니다."

"보디가드?"

"예, 최초 신고자도 자신이 졸업식을 찾은 사람의 보디가드라 말을 했었습니다."

도노반은 세인트 조나단 예술학교에 테러가 발생했다고 최초 신고를 했던 고재환이 자신을 졸업식 참석자의 보디가드라 설명을 했었다.

그렇기에 옥상에서 테러범을 제압하고 헬기에 대고 신호를 보낸다는 사람이 혹시 그가 아닌가, 하는 생각을 하였다.

쿠거는 도노반의 대답을 듣고 잠시 생각을 하다 고개를 끄덕였다.

아무래도 그의 말이 신빙성이 있었기 때문이다.

"그럼 옥상이 비었다는 말이지?"

쿠거의 머릿속은 열심히 인질을 안전하게 구출하기 위한 작전을 세우기 위해 열심히 돌아가기 시작했다.

그러는 한편 혹시나 테러범들의 신분이 밖으로 알려질 것을 우려해 자신의 옆에 대기하고 있는 도노반 반장에게 지시를 내렸다.

"일단 옥상이 클리어 되었으니 그곳에 특공대 투입하고, 제압된 테러범의 신병(身柄)을 확보해! 그리고 아무도 그들에게 접근하지 못하게 철저히 감시해!"

"알겠습니다."

경찰 특공대를 투입하는 것은 당연한 일이지만 무엇 때문에 테러범들의 신병을 확보하고 아무도 접근을 하지 못하게 하는 것인지 잘 이해가 가지 않았다.

아직까지 도노반은 테러범들의 정체에 관해 알지 못하기에 이런 의문을 가지게 되었지만 일단 상관의 명령이니 그에 따랐다.

　뭐 그의 지시가 딱히 이상한 것도 아니기에 일단 나중에라
도 이유를 알려 줄 것이라 생각하고 상관이 명령한 것을 수
행하기 위해 경찰특공대가 있는 곳으로 발걸음을 옮겼다.

5.
특별경호팀의 활약

고재환을 비롯한 특별경호팀은 강당 곳곳을 누비며 테러범들을 하나, 하나 제압을 하기 시작했다.

　아무리 CIA 특작대라고 하지만 그들의 상대가 될 수는 없었다.

　사실 오웬의 부하들이 KSS 경호의 특별경호팀에 상대가 될 수 없었던 결정적인 이유는 바로 그들의 주력 장비인 아머슈트를 이번 일에 사용하지 않았다는 것이 가장 컸다.

　만약 아머슈트를 착용한 상태였다면 아마 당하는 것은 특별경호팀이었을 것이다.

　하지만 불행히도 특작대는 신속하게 자신들의 목적을 이루기 위해 간편한 복장을 하고 세인트 조나단을 찾았기에 기본 스펙에서 차이가 나는 특별경호팀의 상대가 될 수 없었다.

더군다나 특별경호팀은 상대를 제압하기 위해 숨어 있다가 기습을 한 것이니 당연한 수순이었다.

—2층 동문 확보!

리시버(Receiver)를 통해 특별경호팀은 서로서로 위치를 확인하며 테러범들을 처리하기 시작했다.

그와 별도로 성환은 일단 수진이 갇혀 있는 곳을 향해 빠르게 접근을 했다.

강당 안이라면 수진이 얼마나 떨어져 있던 찾을 수 있기에 금방 수진이 갇혀 있는 곳에 도착을 했다.

하지만 성환은 바로 수진을 구출할 수는 없었다.

그곳에는 테러범들의 두목인 오웬이 자리하고 있었기 때문이다.

슈퍼맨 가면을 쓰고 있는 그는 그곳에서 뭔가 인질들을 분류하고 있는 것으로 보였다.

조금 먼 거리라 말소리가 들리지 않아 좀 더 자세히 상황을 파악하기 위해 귀에 내공을 집중했다.

"여기 한국 국적을 가진 사람 나와라! 빨리 움직여!"

내공을 집중한 귀에 테러범의 목소리가 들렸는데, 역시나 우려했던 경우였다.

아무래도 자신을 노리는 테러가 맞는 듯했다.

그렇지 않고서야 한국 국적을 가진 여자를 찾을 일이 뭐가 있겠는가?

열린 문틈으로 보이는 사람들의 얼굴을 보니 수진의 모습도 잠깐 비쳤다.

"따라와! 스파이더맨은 아이언 하고 같이 이곳을 지킨다."

부하들에게 지시를 내린 오웬은 인질들 중에서 한국 국적을 가진 사람들만 따로 방에서 꺼내 다른 곳으로 이동을 했다.

한편 그런 모습을 몰래 숨어 지켜보던 성환은 아직 자신이 나설 때가 아니란 생각에 조금 더 그들을 지켜보기로 했다.

괜히 나섰다가 수진이나 인질들이 다칠 수도 있기 때문이었다.

만약 수중에 권총이라도 있었다면 시도해 볼 테지만, 현재 자신이 가지고 있는 무기는 테러범이 들고 있던 기관단총뿐이었다.

솔직히 이걸 가지고 테러범과 대결을 한다면 모르겠지만 인질이 붙잡힌 상태에서 돌격한다는 것은 자칫 인질이 다칠 수도 있었다.

어쩔 수 없이 수진이 끌려가는 것을 지켜보던 성환은 수진이 끌려가는 방향을 주시했다.

수진과 테러범들이 눈앞에서 사라지자 성환은 또 다른 인질들이 갇혀 있는 방 앞에 서 있는 테러범들을 보았다.

테러범과 자신의 거리는 10m 정도 떨어져 있었다.

성환에게 10m라는 거리는 사실 있으나 마나한 거리에 불과했다.

눈 한 번 깜빡이면 접근할 수 있는 거리였기에 저들을 어떻게 처리할 것인지 고민을 하게 되었다.

그러다 손에 들고 있는 기관단총이 눈에 보였지만 한숨을 쉬고 말았다.

사실 들고 올 때까지만 해도 생각지 못했는데, 인질을 구출하려는 자신에게 기관단총은 사실 애물단지에 불과했다.

조용히 테러범들이 눈치채지 못하게 인질을 구출해야 하는데, 그런 의미에서 기관단총은 있으나 마나였다.

결국 지금 상황에선 아무런 쓸모가 없다는 결론에 도달한 성환은 총과 탄창을 분리해 바닥에 내려놓았다.

총을 내려놓자 양손이 자유로워졌다.

자유로워진 손을 쥐었다 폈다 하며 호흡을 가다듬은 성환은 테러범들의 시선이 자신의 반대편으로 향하자 바로 움직였다.

휙! 퍽! 퍽!

바람을 가르고 테러범들에게 접근한 성환은 가장 가까이 있던 스파이더 가면의 남자의 명치에 주먹을 먹였다.

그리고 옆에 있던 다른 테러범이 자신을 인식하기도 전에 뒷목을 가격했다.

너무도 순식간에 벌어진 일이라 테러범들은 누가 자신들을 공격한 것인지도 모르고 정신을 놓았다.

한편 자신의 기습에 쓰러지려는 테러범들의 몸을 붙잡고 혈을 짚었다.

혹시나 이들이 사라진다면 의심을 할 수도 있기 때문에 이들이 마치 벽에 기대어 있는 것처럼 마혈을 짚어 꼿꼿하게 세워 두었다.

테러범들을 제압한 성환은 테러범들이 지키던 방문을 열고 들어갔다.

"쉿!"

혹시라도 자신의 얼굴을 보고 놀라 소리를 지를지도 모르기에 성환은 일단 사람들에게 조용히 하라는 모션을 취했다.

그런 성환의 모습에 안에 있던 여자들은 자신들이 갇혀 있는 방문이 열리자 또 테러범이 들어오는 것은 아닌가, 하며 불안에 떨었다.

하지만 문을 열고 들어온 사람은 자신들을 데려온 테러범과 뭔가 다른 모습을 하고 있었다.

그렇기에 놀란 눈으로 성환을 지켜보았는데, 이때 성환은 여자들이 자신의 생각보다 침착한 모습을 보이자 적이 놀랐다.

'생각보다 강심장들이군!'

그런 생각을 하다 성환이 입을 열기 시작했다.

"밖에 있는 테러범은 제압했지만, 아직 상황이 끝난 것은 아니니 일단 이곳에서 상황이 끝날 때까지 숨어 있기 바랍니다."

"정말로 테러범을 제압했나요?"

"아저씨! 우리 살아날 수 있나요?"

성환의 한 말에 여기저기서 질문이 쏟아졌다.

"잠시 조용히 해 주시기 바랍니다. 지금 밖에는 경찰특공
대도 와 있고 또 금방 구출하러 올 것이니 모두 안심하시고
나중에 경찰들이 올 때까지 모두 여기 움직이지 말고 숨어
있기 바랍니다. 참! 내가 나가면 집기들을 옮겨 입구를 막고
기다리세요."

성환은 여자들을 안심시키고 그들에게 아까 남자들이 있던
방에서와 마찬가지로 입구를 막고 기다릴 것을 말했다.

"알겠어요."

여자들 속에서 이 학교 선생님으로 보이는 여자가 나서서
성환의 말에 대답을 했다.

남자들에 이어 여자들이 감금된 곳도 안전해지자 성환은
다시 밖으로 나가 수진이 끌려간 곳을 향했다.

한편 성환의 말에 대답을 했던 여자는 성환이 나가자 문을
열고 밖으로 나와 보았다.

"헉!"

글로리아는 테러범을 제압했다는 남자의 말을 믿을 수가
없었다.

그래서 그의 말을 확인하기 위해 밖으로 나왔다가 문 앞에

서 있는 두 사람을 보고 깜짝 놀랐던 것이다.

그런데 놀람도 잠시 자신이 밖으로 나왔는데도 테러범들이 꼼짝을 하지 않는 것이었다.

자신을 보았는데도 움직이지 않는 테러범의 모습에 고개를 갸웃거리던 글로리아는 자세히 살펴보니 그들이 선체로 기절했다는 것을 알게 되었다.

"뭐야! 기절했잖아? 괜히 놀랐네!"

그제야 성환의 말이 사실임을 깨달은 글로리아는 얼른 방안으로 들어갔다.

"선생님, 어때요?"

"그 사람 말이 정말인가요?"

여기저기서 글로리아에게 질문이 쏟아졌다.

"응, 테러범은 이 앞에 기절해 있어. 그런데 아직 상황이 어떤지 모르니 일단 그 사람 말처럼 입구를 막고 경찰이 구출하러 올 때까지 이곳에 있는 것이 안전할 것 같다."

말을 마친 글로리아는 방 안에 있는 여자들과 함께 집기들을 옮기기 시작했다.

'그런데 그 사람 정체가 뭐지? 도대체 정체가 뭐기에 총을 든 테러범들을⋯⋯.'

입구를 틀어막은 글로리아는 다른 사람들처럼 자리에 앉아 조금 전 자신들을 안심시키고 간 동양인에 대해 생각했다.

전에 동양인에 대해 그리 생각하지 않았는데, 오늘 본 그는 정말이지 자신의 이상형에 무척이나 가까워 보였다.

그런 생각을 하다 보니 상상은 점점 남녀 간의 뜨거운 뭔가로 발전해 갔다.

◈　　◈　　◈

탕!

"이게 말이 되는 소린가!"

"프레지던트! 진정하십시오."

미국 대통령이 집무하는 백악관에서는 오렌지카운티에서 벌어진 테러로 인해 난리가 났다.

외부에는 그저 인질범들이 고등학교 졸업식장에 난입해 인질을 잡고 있는 정도로만 보도가 되었지만, 사건의 내막을 알고 있는 백악관은 전쟁터가 다름이 없었다.

"입이 있으면 말을 해 보란 말이오!"

대통령의 호통에 존 하워드 CIA 국장은 고개를 숙이고 입을 다물었다.

자신이 그렇게나 노력을 했지만 오렌지카운티에서 벌어지는 테러범들의 정체가 백악관에 알려진 것이었다.

'제길, 어떤 놈이 알린 거야!'

속으로 비밀을 알린 배신자에 관해 생각을 하면서도 그는 연신 대통령의 호통에 죄송하다는 말만 연발했다.

그런 CIA 국장의 모습에 일단 어떻게든 사태를 수습하기 위해 고개를 돌린 더글라스 대통령은 FBI 국장에게 질문했다.

"제라드 국장! 지금 현재 그곳 상황이 어떻게 진행이 되고 있는 중이오?"

대통령의 질문에 제라드 국장은 얼른 그의 말에 대답했다.

"다행이라면 아직까지 피해자는 나오고 있지 않은 것으로 파악되었습니다."

"그래요?"

"예, 처음 몇 발의 총성이 들리긴 했지만, 그 뒤로는 이렇다 할 총격전이 벌어지지 않았습니다."

"그래요? 그나마 다행이군요. 그런데 무엇 때문에 CIA요원이 그곳에……."

말을 하던 더글라스 대통령은 다시 화가 치밀어 오르는지 존 하워드 국장을 보며 인상을 찡그렸다.

그런 대통령의 상태를 읽었는지 하워드 국장은 고개를 슬쩍 돌려 대통령의 시선을 피했다.

하지만 마지막 질문은 하워드 국장에게 한 말이기에 대통령의 시선을 외면하던 것도 잠시 대답을 하기 위해 자리에서 일어났다.

"그것이……."

하워드 CIA국장은 한국지부에서 보내진 성환에 대한 자료를 자리에 있는 사람들에게 돌렸다.

오렌지카운티에서 벌어진 CIA 요원들의 테러 모의 때문에 현재 백악관은 안보회의가 열리게 되었다.

미국 행정부 각부 장관들에서부터 안보에 관련된 모든 기관의 장들이 모였다.

국장이 돌린 자료를 읽던 국방부 장관인 베이커는 화가 난 표정으로 하워드 국장을 쏘아보았다.

"당신 제정신인가? 어떻게 동맹국 국민을 납치할 생각을 한 것이야! 그리고 일을 하려면 똑바로 할 것이지, 뭐, 참나!"

베이커 장관의 말에 하워드 국장은 속에서 열불이 났지만 어쩔 수 없었다.

현재 그의 처지는 무조건 참을 수밖에 없는 상태다.

만약 여기서 뭔가 반응을 보였다가는 이번 사태의 책임을 지고 자리에서 물러나야만 한다.

아니, 그것도 아주 일이 잘 풀렸을 때나 그렇지, 잘못했다가는 관타나모로 끌려갈지도 몰랐다.

미국이 관리하고 있는 수용소 중에서 가장 악명이 높은 그곳은, 끌려가게 된다면 그냥 자살하는 게 나을 정도로 악명이 높은 곳이었다.

인원이 전혀 존재하지 않은 그런 곳이었다.

아무튼 지금은 최대한 자신을 낮추고 처분을 기다릴 수밖에 없는 입장이었다.

그런데 이때 국방부 장관의 옆에 조용히 앉아 있던 장군 한 명이 조용한 목소리로 하워드 국장에게 질문을 했다.

"국장은 이 사람의 능력을 알고 작전을 승인한 것이오?"

하워드 국장에게 질문을 한 군인은 SOCOM의 사령관인 제임스 듀한 원수였다.

미국 특수전 사령부의 최고 원수인 그는 안보회의에 참석하는 국방부 장관을 따라 회의에 참석했다가 하워드 국장이 넘겨준 서류를 보다 그 안에 지금 벌어지고 있는 사태가 어떻게 일어나게 되었는지 알게 되자 그렇게 물어본 것이었다.

하워드 국장이 준 자료에는 자신도 알고 있는 한 사람의 정보가 고스란히 담겨 있었는데, 정보를 다루는 CIA에서 작성한 자료 치고는 자신이 알고 있는 정보보다 못했기 때문에 그런 질문을 하였다.

이런 내막을 모르는 하워드 국장은 제임스 원수가 무엇 때문에 그런 질문을 하는 것인지 알 수는 없지만 일단 질문을 받았으니 답변을 하였다.

"제임스 장군이 무엇 때문에 그런 질문을 하는 것인지 알 수는 없지만, 일단 문건에 나와 있는 남자에 관해 CIA에서 파악한 것을 말씀드리겠습니다."

처음 제임스 원수의 말에 모두 의아한 표정으로 그를 보던 사람들은 하워드 국장이 질문에 답을 하겠다고 하자 모두 그를 집중했다.

"이름은 정성환, 동맹인 한국의 특수전 대령으로 전역을 하고 현재는 KSS경호라는 보디가드 업체를 운영하고 있는 것으로 파악되었습니다. 그리고 그는 신분을 속이고 스파이 활동을 하는 것으로 밝혀졌습니다."

하워드 국장은 성환이 스파이란 아무런 증거도 없지만, 그가 중국에 체류하던 비슷한 시기에 자신들이 회수하려던 자국의 신형 아머슈트의 설계도가 한국으로 넘어간 것에 대하여 의심을 하고 스파이라 단정을 짓고 말했다.

"증거가 있나?"

"그건 아니지만, 현재 한국은 본국에서 극비리에 개발한 신형 아머슈트의 설계도를 가지고 있는 것으로 밝혀졌습니다."

"아니, 그걸 왜 말하지 않은 것이오?"

한국이 자국의 신형 아머슈트의 설계도를 가지고 있다는 말에 안보회의 참석자들은 모두 경악을 했다.

사실 이 자리에 있는 사람들 상당수에 해당하는 사람들도 아머슈트에 관한 정보를 알지 못했다.

그런데 구형도 아니고 신형 아머슈트의 설계도가 동맹이긴 하지만 타국에 넘어갔다는 것은 무척이나 심각한 문제였다.

"그게 어떻게 그들의 손에 들어가게 된 것이오?"

더글라스 대통령은 너무도 기가 막혀 그냥 본능적으로 물은 것이다.

"일본에 넘어간 기업인들이 설계도가 들어 있는 USB칩을 유출했습니다. 그것을 중국 국적의 스파이가 중간에 가로챈 것을…… 방해로 회수하는 것에 실패를 했습니다. 나중에 한국에 심어 놓은 자들이 보내 온 정보로 그것이 현재 한국에 있음을 알게 되었습니다."

사람들은 하워드 국장의 이야기를 들으며 그 어느 곳에도 성환이 스파이란 증거가 없음을 알았다.

그것과 별개로 자국의 극비 무기가 한국에 넘어간 것을 간과할 수는 없었다.

하지만 제임스 원수는 지금 하워드 국장이 얼마나 위험한 줄타기를 하고 있는지 알 수 있었다.

그는 자신의 실수를 만회하고자 적으로 돌리면 위험한 사람을 지금 미국의 적으로 만들려고 하고 있었다.

솔직히 성환이 별 볼 일 없는 능력을 가지고 있다면 그도 상관을 하지 않을 것이지만 지금은 아니었다.

미국에 산제한 많은 특수부대들을 총괄하는 SOCOM의 사령관이며, 작년 성환에게 교육을 받고 돌아온 병사들이 어떻게 바뀌어 있는지 너무나 잘 알고 있는 그로서는 절대로 성환을 함부로 다룰 수가 없었다.

"프레지던트, 제가 한 말씀드리겠습니다."

"말해 보시오."

"절대로 그를 적대해선 안 됩니다. 지금이라도 당장 이번 일과 관련된 이들을 처리하고 다신 그와 관련된 어떤 일도 만들지 말아야 합니다."

대통령을 비롯한 많은 사람들이 제임스 원수의 말을 듣고 의아해하였다.

보다 못한 국방장관이 궁금증을 참지 못하고 그에게 질문을 했다.

"그게 무슨 말인가?"

"프레지던트와 장관님께는 보고 드린 것으로 알고 있는데…… 생각나지 않으십니까? S.W(시크릿 워리어)."

제임스 원수는 비밀부대의 명칭을 꺼내며 물었다.

S.W란 말이 무얼 뜻하는지 다른 사람들은 알지 못하기에 고개를 갸웃거리며 대통령과 국방장관을 쳐다보았다.

그런데 정작 대통령은 그게 무엇인지 생각이 나지 않는 것인지 고개를 갸웃거리기만 했다.

하지만 국방장관은 제임스 원수가 무엇을 말하는 것인지 금방 깨닫고 경악을 했다.

S.W는 기존에 있던 군대와 전혀 다른 존재들이었다.

그들은 유령이었고, 괴물이었으며 공포였다.

막대한 예산을 들여 창설한 S.W부대는 기존 미국이 보유하고 있던 최정예 특수부대원들과는 차원이 다른 이들이었다.

현대에 들어오면서 전투의 양상이 크게 바뀌었다.

대규모 전면전은 사실 현대에 일어나지 않는다.

현대에는 소규모 국지전 내지는, 시가전과 같은 특수한 형태의 전투가 벌어진다.

그러다 보니 소수 정예 부대가 요구되었는데, 다른 어떤 부대도 S.W에는 상대가 되지 않았다.

그들은 개개인이 인간의 한계를 초월해도 한참을 초월한 초인들이었다.

아직도 깨지지 않고 있는 100m 신기록도 그들에게는 의미가 없는 기록이었다.

자체 측정에서 S.W부대원들은 완전 군장을 하고 100m 육상선수가 뛰는 것보다 더 빠르게 이동을 하였다.

그리고 역도선수들이 들어 올리는 무게의 2배를 거뜬히 들어 올렸다.

뿐만 아니었다.

그들은 그 어떤 악조건 속에서도 맡은 바 임무를 착실히 해내는 존재였다.

이러한 보고는 SOCOM사령부 내는 물론이고 국방부 관계자들마저 놀라게 만들었다.

아니, 그들의 존재를 알고 있는 모든 이들을 경악하게 만들었다.

보고하였지만, 그것을 생각해 내지 못하고 있는 대통령에게 국방장관은 살며시 귀띔을 해주었다.

국방장관의 말을 듣고서야 깨달은 대통령은 놀란 눈으로 제임스 원수를 쳐다보았다.

"그럼?"

"그렇습니다. 그들을 교육시킨 사람이 바로 여기 있는 이 자입니다. 그리고 대원들이 증언하길 그자의 밑에는 자신들보다 더 뛰어난 부하들이 있다고 했습니다. 아마도 그들이 바로 이번…… 그러니 괜히 그와 척을 질 일은 만들지 않는 것이 좋을 듯합니다."

"그렇다고 스파이 혐의가 있는데, 그냥 두고 볼 수는 없는 일 아닙니까?"

"맞습니다. 어찌 되었든 그것만은 회수해야 합니다."

여기저기서 S.W에 관해서 알지 못하는 말만 하더니 스파이 혐의가 있는 자에 관해서 관여하지 말자는 말을 하자 그제야 대화에 참여하며 떠들어 댔다.

"당신들은 지금 여기 보고서에 나온 것이 그자의 모든 능력이라고 보는 것이오?"

제임스 원수는 아직 사태의 심각성을 인식하지 못한 사람들에게 소리쳤다.

큰 소리를 치던 제임스 원수는 고개를 돌려 더글라스 대통령에게 양해를 구했다.

"프레지던트, 잠시 한 사람을 부르려는데 괜찮겠습니까?"

"그렇게 하시오."

양해를 구하는 제임스 원수의 말에 지금 이 상황에 도움이 될 사람을 부를 것을 믿어 의심치 않는 더글라스 대통령은 허락을 했다.

대통령의 허락이 떨어지자 제임스 원수는 자신을 따라온 에릭슨 대령을 호출했다.

오렌지카운티 사태가 CIA 요원들이 벌인 일임을 알고 그들을 제압하기 위해 데려온 부하들이었다.

"충성! 부르심을 받고 왔습니다."

"어서 오게! 여기 있는 분들에게 그에 관해 말씀드리게!"

"누굴 말씀하시는 것인지 잘 모르겠습니다."

에릭슨 대령은 제임스 원수의 말이 무엇을 말하는 것인지 아직 알 수가 없어 질문을 했다.

그런 에릭슨 대령의 질문에 제임스 원수는 조용히 하워드 국장이 돌린 서류를 그에게 보여 주었다.

자신에게 넘겨진 서류를 읽던 에릭슨 대령은 고개를 갸웃거렸다.

자신이 알고 있는 것과 상당한 차이가 있는 정보였다.

"이게 그 사람을 평가한 보고서라면 상당 부분 누락이 된 정보군요."

"말해 보게!"

"예, 알겠습니다."

에릭슨 대령은 자신이 알고 있는 정보와 서류에 있는 정보를 비교하며 설명을 하기 시작했다.

그리고 에릭슨 대령의 이야기를 들은 사람들은 도저히 믿을 수 없다는 표정을 지었다.

어떻게 사람이 그럴 수 있는 것인지 만화나 영화에서나 가능할 법한 일이 현실에서도 재현이 되었다는 말에 할 말을 잃었다.

"이상입니다. 참고로 예전 특수부대 경연대회 때, 각국의 특수부대원과 관계자들이 그를 이렇게 불렀습니다. 언터처블!"

자신의 할 말을 끝낸 에릭슨 대령은 오랜만에 자신을 가르쳤던 성환에 대하여 이야기를 하게 되자 기분이 새로웠다.

당시에 자신은 네이비씰 데브그루의 중령이었다.

세계 최강이라 자부하던 자신에게 한국으로 들어가 새로운 기술을 배워 오라는 말을 들었을 때 자존심이 무척이나 상했다.

하지만 한국에 들어가 그들과 생활을 하면서 자신이 얼마나 편협했는지 깨닫게 되었다.

하늘 밖에 또 다른 하늘이 있고, 그의 밑에 있는 부하들도 자신들을 상회하는 능력을 보유하고 있었다.

어떻게 양성했는지 모르지만, 아무튼 그때 그들과 경쟁을 하면서 많은 것을 배웠다.

그것을 밑거름으로 지금은 그때와 천양지차의 능력을 부유하게 되었다.

지금의 자신을 있게 한 그를 존경하며 그와 절대로 적이되어선 이 세상을 살 수 없다는 것을 절실히 느꼈던 에릭슨 대령은 이 자리에 있는 이들이 올바른 판단을 할 것을 당부했다.

한편 에릭슨 대령의 이야기를 들은 사람들은 무척이나 심각한 얼굴이 되었다.

세계를 선도하는 미국의 권력자들인 이들은 에릭슨 대령의 너무도 황당한 이야기를 들으면서도 아무런 대꾸를 할 수가 없었다.

그건 이야기를 하면서 간간히 보였던 시범 때문이다.

눈에 보이지도 않은 유령 같은 움직임이나 느린 듯하지만 어느 순간 정신을 차리고 보면 자신의 곁에 서 있는 그의 모습에 경악했었다.

그런데 그것이 당시 교육을 받은 사람들의 기본 능력이라는 것이다.

마치 마법사의 마법을 보는 듯한 움직임이 기본이라는 말은 놀람을 넘어 공포였다.

하지만 이들은 아마 모를 것이다.

중국의 최고 권력자들은 오래전 그보다 더한 공포를 느꼈었다는 것을 말이다.

KSS경호의 특별경호 1팀은 성환의 지시가 떨어지자 강당에 침입해 인질을 붙잡고 있는 테러범들을 하나, 하나 제압하였다.

하지만 오웬은 그런 상황을 모르고 연락이 끊긴 부하들 때문에 신경이 무척이나 날카로워졌다.

"이 자식들 다 어딜 간 것이야!"

벌써 연락이 되지 않는 부하들이 8명이나 되었다.

이제 남은 부하는 3명, 즉, 자신까지 4명만이 건물에 남은 것으로 짐작되었다.

어디서부터 일이 잘못된 것인지 알 수가 없었다.

"안 되겠다. 이대로 인질들을 데리고 안전가옥으로 이동한다."

오웬은 느낌이 좋지 않아 인질들을 모두 데리고 현장을 빠져나가기로 결정했다.

그런 오웬의 결정에 어느 누구도 이의를 제기하지 않았다.

그도 그럴 것이 그들도 현재 일이 잘못된 방향으로 흐르고 있다는 것을 알 수 있었다.

처음 일을 시작할 때만 해도 거칠 것이 없었다.

이런 일쯤이야 많이 해 보았다.

다만 자신들의 조국에서 인질을 잡고 테러 활동을 한 적은 없었지만, CIA에 소속되면서 세계 각국을 무대로 때로는 테러범으로, 또 때로는 테러 진압 부대로 참여를 했었다.

물론 소속이 소속이다 보니 주로 테러범이 주 역할이었다.

자신들은 CIA 내에서도 극비의 존재들이다 보니 외부에서 활동할 때는 국적 불명의 조직으로 활동을 하였다.

하지만 한번도 작전에서 이런 적이 없었다.

작전에 들어간 지 30분도 되지 않았는데, 전멸에 가까운 피해를 입었다.

생사고락을 함께했던 동료들이 어떻게 되었는지 모르겠지만 첩보원으로서 그들은 이미 최후를 맞았다고 보는 것이 맞았다.

어떤 상황인지 모르겠지만 대장의 송신에 응답을 하지 않는다면 그만한 상황이 발생한 것이다.

그러니 방금 보스인 오웬이 퇴각 명령을 하는 것은 상황에 맞는 적절한 명령이었다.

"움직여!"

명령이 떨어지기 무섭게 끌고 온 인질들을 자신들이 타고 왔던 벤에 실었다.

로만 출장 뷔페의 로고가 큼지막하게 새겨진 벤은 처음 타고 왔던 인원이 8명이나 줄어들다 보니 인질들이 타기에 그리 좁지 않았다.

아니, 인질들이 여자들이다 보니 오히려 공간이 남았다.

인질들이 혹시라도 소리를 지를 것을 대비해 입에 재갈을 물렸다.

탕!

"보스! 인질들을 모두 실었습니다."

데런은 끌려온 인질들을 모두 벤에 싣고 오웬에게 보고를 했다.

오늘 폭약을 준비하지 않은 것 때문에 오웬에게 폭행을 당해 얼굴이 엉망이 된 데런은 조심스럽게 오웬에게 보고를 하였다.

오웬은 그런 데런의 모습에 잠시 그의 얼굴을 힐긋 쳐다보다 경계를 서고 있던 다른 부하들에게 소리쳤다.

"철수한다!"

말이 떨어지기 무섭게 경계를 하던 이들은 신속하게 벤에 올라탔다.

"출발해!"

부하들이 모두 타자 오웬은 데런에게 출발하란 명령을 했다.

하지만 차는 금방 멈춰 설 수밖에 없었다.

지하 주차장을 빠져나가려던 때 입구에 한 사람이 서 있었기 때문이었다.

아니, 한 사람이 서 있어서 멈춘 것이 아니라 어쩔 수 없이 멈춰 섰다.

◆   ◆   ◆

수진이 끌려간 곳을 향해 움직이던 성환은 자신의 예상과 다르게 테러범들이 수진을 다른 방에 가두는 것이 아니라 자신들이 타고 온 차량에 태우는 걸 목격했다.

'이런, 저놈들이 눈치챈 모양이군!'

성환은 테러범들이 예상과 다른 움직임을 보이자 그들이 상황을 인식했다는 것을 깨달았다.

하긴 그럴 만도 했다.

자신이 제압한 적만 해도 4명.

그리고 재환과 특별경호팀에게 제압된 이들도 있으니 아직까지 눈치를 채지 못했다면 더욱 의심을 했을 것이다.

성환도 테러범의 정체를 어느 정도 눈치를 챈 상태에서 지금 저들이 보이는 움직임을 보며 어느 정도 역량이 있는 자들이란 것을 알 수 있었다.

하지만 그렇다고 결과가 바뀌는 것은 아니었다.

저들은 감히 침범하지 말아야 할 영역을 침범한 것이다.

그러니 그 죗값을 달게 받아야만 했다.

부웅!

차가 움직이는 것이 보였다.

성환은 그들을 그대로 보낼 생각이 없었다.

차가 지하 주차장을 빠져나가기 위해선 주차장을 반 바퀴 돌아 출구로 가야만 했다.

거리는 40m 정도 되지만 충분히 먼저 앞질러 갈 수 있었다.

출구에 도착한 성환은 테러범이 탄 벤을 저지하기 위해 출구에 섰다.

그러길 몇 초.

테러범의 차가 달려오는 것과 함께, 테러범들이 자신을 보고 놀라 눈을 크게 뜨는 것이 보였다.

뿐만 아니라 자신을 보며 뭔가 소리치는 것이 한눈에 보였다.

"밟아!"

오웬은 지하 주차장이 떠나가라 소리쳤다.

자신들이 탄 차를 막는 동양인 남자가 보였지만 과감하게 밀고 나갈 것을 명했다.

데런도 이곳에서 잡히고 싶은 생각이 없었다.

동생이 다니는 학교라 보스의 명령을 어겨 가며 폭약을 준비하진 않았지만, 이대로 잡혔다가는 자신은 물론, 가족까지 위험해질 수 있었다.

오늘 이곳에서 테러를 저지른 자신들의 정체가 밝혀진다면 충분히 가능한 생각이었기에 데런도 과감하게 액셀을 밟았다.

우웅!

벤은 무서운 소리를 내며 성환을 향해 돌진했다.

자신을 향해 돌진하는 차를 보며 성환은 마주 달리기 시작했다.

그리고 충돌하기 직전 몸을 띄워 보조석으로 뛰어들었다.

퍽!

쩌저적, 쿵!

달리는 차에 뛰어든 성환은 운전석이 아닌 조수석으로 뛰어든 이유는 그곳에 테러범들에게 명령을 내리던 오웬이 자리하고 있었기 때문이다.

가장 위험한 대상을 먼저 제압하는 것은 테러 진압의 기본.

우두머리인 두목을 먼저 제압하고, 그다음 위험 순위를 제압하는 것이 기본 중의 기본이기에 기본에 충실한 움직임을 한 것이다.

역시나 그의 판단이 맞았는지, 성환이 오웬을 공격할 때, 성환이 차에 뛰어드는 것에 놀란 데런은 핸들을 꺾지 못하고 그만 주차장 진입 램프(Ramp) 벽에 들이박고 말았다.

그 충격으로 운전자인 데런은 충격이 심해 기절을 했다.

오웬 또한 성환의 공격을 받고 전투 불능의 상태가 되어버렸다.

한편 차 뒤 칸에 타고 있던 인질들과 그들을 감시하던 테러범 2명은 갑자기 가속을 하다 벽에 충돌한 충격 때문에 차량 벽과 크게 충동했다.

쾅!

"윽!"

"악!"

"엄마!"

"사람 살려!"

충격을 받은 사람들은 저마다 고통을 호소하며 신음을 흘렸다.

오웬을 제압하고 데런이 기절할 것을 확인한 성환은 인질들이 갇혀 있는 뒤 칸으로 이동을 했다.

뒤 칸으로 간 그의 눈에 충격 때문에 아직 정신을 차리지 못하고 있는 테러범들의 모습이 보였다.

그들의 모습을 본 성환은 순식간에 그들에게 다가가 마혈을 짚었다.

괜히 큰 공격을 했다가 그들이 들고 있는 총을 발사하게 된다면 좁은 공간에서 인질들이 총에 맞을 수도 있기 때문에 공격보다는 마혈을 짚어 제압을 하는 쪽으로 방향을 잡았다.

그렇게 남은 테러범까지 제압을 마친 성환은 주머니에서 무전기를 꺼내 고재환 전무에게 무전을 날렸다.

가까운 거리에 있었다면 전음으로 충분히 의사 전달을 할 수 있었겠지만 지금 그들의 위치를 확인하고 명령을 하려면 귀찮고 해서 무전을 한 것이다.

"고 전무, 상황 종료다. 남자 탈의실과 여자 탈의실에 가서 사람들에게 상황이 종료되었다는 것을 알리고, 또 밖에 경찰들에게도 이곳 상황이 종료되었다는 걸 알려라!"

성환은 차분하게 무전으로 현재 상황을 알리고 경찰에게 그리고 자신의 말대로 입구를 막고 자신들을 구해 줄 사람들을 기다리는 인질들이 어느 곳에 있는지도 알려 주었다.

—알겠습니다.

뚝!

모든 상황이 끝났기에 성환은 무전기의 전원을 꺼 버렸다.

그리고 아직 바닥에 쓰러져 신음을 하고 있는 수진을 일으켜 세웠다.

"수진아! 괜찮아?"

"어? 아! 삼촌, 괜찮은 것 같아요. 차가 멈출 때, 머리를 부딪치기는 했지만 이상 없어요."

자신이 무슨 말을 하는지 모르게 횡설수설하는 조카의 모습에 성환은 수진이 어딘가에 머리를 부딪쳐 가벼운 뇌진탕을 일으킨 것이라 판단했다.

"뇌진탕 같으니 그냥 있어!"

"네……."

성환은 수진을 진정시키고 옆에 있는 진희에게 시선을 주었다.

자신의 부탁으로 미국까지 와 수진을 돌봐 준 김진희, 그녀를 보며 참으로 고마운 마음이 들었다.

조금 전까지만 해도 생명의 위협을 느끼면서도 자신의 부탁대로 수진의 곁에서 떨어지지 않고 지켜 주었다.

"미스 김, 수고했어."

"아닙니다, 제가 할 일이었습니다."

"아니야, 아무리 그렇다고 해도 고마운 것은 고마운 거야."

성환이 KSS경호를 세우면서 진희도 KSS경호에 입사를 했다.

원래는 자신의 오빠 진성의 일을 도와주고 있었지만, 군대 시절 우상이던 성환을 도와야 한다는 말에 두말하지 않고 오빠의 곁을 떠나 성환이 설립한 KSS경호에 입사를 했다.

그리고 수진이 미국에 유학을 오게 되자 그녀의 경호원이 되어 함께 미국까지 왔다.

여자는 금방 나이를 먹는다.

결혼 적령기를 넘긴 진희이 입장에서 미국 생활 2년은 결코 짧은 기간이 아니다.

그나마 다행이라면 진희가 미국에서 수진을 돌보고 있을 때, 성환이 이곳에 특별경호팀을 따로 보냈다는 것이었다.

그 말이 무슨 말인고 하니 특별경호 1팀과 2팀이 6개월씩 파견이 되어 번갈아 근무를 했다.

남녀가 함께 6개월을 생활하다 보니 눈이 맞은 사람이 있긴 했다.

"모두 괜찮습니까?"

수진에 이어 진희까지 상태를 확인한 성환은 그들과 함께 인질이 되어 끌려온 사람들의 상태를 물었다.

"우리 이제 괜찮은 것인가요?"

"살았다."

인질이 되었던 사람들은 성환의 질문에 답을 하기보다는 자신들이 테러범들에게서 살아났다는 것에 기뻐했다.

사람들의 상태가 괜찮은 것을 확인한 성환은 일단 그들의 결속을 풀어 주었다.

얼마나 단단하게 묶였는지 손에는 뻘건 피멍이 들어 있었다.

인질들에게서 풀어낸 밧줄을 이용해 자신이 제압해 놓은 테러범들을 단단히 결속했다.

억지로 풀려 했다가는 목에 건 올가미가 조이게 만들어 놓았다.

성환이 그렇게 테러범들까지 모두 결속을 했을 때, 지하 주차장으로 급하게 다가오는 발걸음 소리가 들려왔다.

◈　　◈　　◈

미국은 물론이고 전 세계의 사람들을 놀라게 했던 세인트 조나단 예술학교의 테러는 그 엄청난 소식과는 다르게 너무도 흐지부지 하게 결말을 지었다.

아니, 가장 성공적인 인질 구출 작전이란 수식어를 낳으며 끝났다.

하지만 그런 것과 다르게 일각에선 무척이나 심각한 문제를 안겼다.

그건 테러범들을 제압하고 인질을 구출한 것이 경찰특공대나, 현장을 지휘하던 FBI가 아니란 것 때문에 관련 기관들에게 타격을 입혔다.

"이게 정말인가?"

"그렇습니다, 프레지던트."

"허…… 정말 대단한 사람이군. 어떻게 한 명의 피해도 없이……."

더글라스 대통령은 방금 전 테러 현장에서 날아온 보고를 받고 어이가 없었다.

그리고 그건 그 자리에 있는 안보회의 관계자들 모두 그런 상태였다.

아니, 에릭슨 대령만은 당연하다는 표정이었다.

사실 이 자리에서 말은 하지 않았지만 에릭슨과 함께 한국에서 교육을 수료했던 특수부대원들은 미국에 파견 나온 특별경호팀과 간간히 연락을 주고받고 있었다.

처음 그들이 미국에 왔다는 소식을 들었을 때 에릭슨과 교육을 받았던 부대원들은 사령관의 지시로 S.W대원으로 차출된 이들을 가르치고 있었다.

그런데 배우긴 했지만 다른 사람들을 가르칠 역량까지 배운 것은 아니었기에 무척이나 헤매고 있던 차에 자신들을 가르쳤던 교관들이 미국에 왔다는 말에 조언을 얻고자 연락을 하게 되었다.

그렇게 2년여 연락을 하고 있었으니 현장을 보지 않더라고 그들이 성환과 함께 테러범들을 어떻게 했을지 눈에 선했다.

보지 않고도 결과를 알 수 있다는 것은 이런 것을 두고 하는 말이었다.

아무리 CIA 특작대가 대단하다고 해도 에릭슨은 자신들 S.W에는 상대가 되지 않는다 자부하고 있었다.

약과 아머슈트라는 로봇을 착용해야만 자신들과 비교되는 존재를, 자신들을 가르쳤던 교관이자 언터처블이라 불리는 측정 불가의 슈퍼맨이 있는 곳에서 재롱을 부렸으니 결과는 빤했다.

그러니 놀랄 것도 없었다.

그저 지금 이 자리에 있는 이들이 올바른 판단을 내려 조국의 미래에 이익이 되는 방향으로 결정을 했으면 하는 생각

뿐이다.

"미스터 프레지던트! 일단 다른 것보다 우선으로 테러범들의 신병을 확보하는 것이 중요합니다."

"음, 맞아! 국장은 현장 책임자에게 신속하게 그들의 신병을 확보하도록 지시를 내리시오."

"알겠습니다."

"아니, 당신 말고, 이번 일은 제라드 국장이 맡아서 처리하시오!"

더글라스 대통령은 자신의 말에 나서는 하워드 CIA 국장의 말에 소리치고, FBI 국장인 제라드에게 이번 테러범들의 신병을 확보하는 것은 물론이고, 사후처리까지 지시를 내렸다.

CIA와 경쟁 관계인 FBI에게 힘을 실어 주는 말이었다.

그 때문인지 대통령의 말을 들은 제라드 국장의 얼굴에는 미소가 가득했다.

하지만 그와 반대로 면박을 당한 하워드 국장의 인상은 차갑게 굳었다.

이번 일로 CIA의 활동이 크게 위축이 될 것은 불을 보듯 빤했다.

사실 그동안 CIA는 그 어느 조직보다 양적 질적 향상을 하며 무소불위의 권력을 행사했다.

예전에는 보다 상급기관인 NSA에 통제를 받을 때도 있고, 국토안보부[DHS]의 지시를 받을 때도 있었지만, 그 특성상 독자적인 작전을 할 때가 많은 CIA였기에 모든 위기를 극복하고 지금의 확고한 지휘를 얻었다.

그렇지만 아무리 대단한 권력을 가진 조직이라도 이런 큰 실수를 하고선 어쩔 수 없었다.

아무리 뇌물을 먹여 포섭을 한 자들이라고 하지만 이런 일까지 덮어 줄 정도로 멍청하지 않았다.

◈   ◈   ◈

안보회의를 갔다 온 하워드 국장은 부하를 호출하였다.

"진행시켜!"

"그대로 진행을 시킵니까?"

"그래, 그 멍청한 새끼들이 일을 저지르려면 깔끔하게 마무리를 지어야지, 병신 같이…… Fuck!"

하워드 국장은 말을 하다말고 분을 이기지 못하고 욕을 했다.

그런 국장의 모습에 부하는 아무 소리 하지 않고 가만히 다음 지시를 기다렸다.

"참! 한국에 있는 칼론에게 그자에 대해 보다 자세히 알아보라고 해!"

"알겠습니다, 더 지시하실 것은 없습니까?"

"그래, 방금 전 내가 한 명령은 지급으로 처리해!"

"알겠습니다."

부하가 나가고 하워드 국장은 깍지를 끼고 턱을 괜 상태에서 생각에 잠겼다.

"언터처블이라 불리고 있습니다. 제 휘하에 있는 테브그루와 포스리콘, 델타포스 등 사령관의 명령으로 한국에 들어가 6개월을 교육받고 돌아왔습니다. 그 경험을 바탕으로 SOCOM에서는 기존의 특수전 부대와 차원을 달리한 부대를 창설하였습니다. 그 부대의 정식 명칭은 극비이기에 생략하고, 어떤 능력을 가지고 있는지만 간단하게 설명을 하겠습니다. 단거리 육상 최고 신기록을 보유하고 있는 우사인의 기록은 사실 저희는 인정하지 않습니다. 그 정도는 군장을 착용하고도 도달할 수 있는 기록이기 때문입니다. 역도 세계 신기록? 저희가 역도를 한다면 누구나 세계신기록을 세우고도 남을 것입니다. ……중략…… 이 서류에 언급된 그를 제쳐 두고 그의 밑에 있는 교관들만 해도 저희는 비교도 되지 않는 능력을 가지고 있습니다. 그들과 대립각을 세우기보다는 친교를 하는 것이 조국에 이익이 된다고 말씀드리겠습니다."

하워드 국장은 아까 전 백악관 안보회의에서 발언한 에릭슨 대령의 이야기를 곱씹었다.

그동안 자신은 자신의 휘하에 있는 특작대가 최고라 생각했다.

델타포스나 데브그루가 아무리 최고라 떠들어도 그들은 CIA 특작팀과는 급이 다르다 생각했는데 아니었다.

그가 한 말이 사실이라면 S.W의 능력은 아머슈트를 착용한 특작팀과 별반 다르지 않았다.

아니, 어떤 면에서는 그들이 더 우위에 있을 수도 있었다.

아무리 잘 만든 아머슈트라 해도 인간의 움직임을 100% 재현해 내지 못하기 때문에 움직임이 조금은 부자연스럽다.

그러니 그런 것을 감안하면 두 집단 간 전투가 벌어진다면 승리를 장담하지 못했다.

그동안 군부의 움직임을 그렇게나 심도 있게 감시를 했는데, 자신들의 눈을 피해 그렇게나 준비를 하고 있었다는 것이 놀라웠다.

그런 생각이 들면서 왜 한국의 칼론이 그렇게 제로라는 자를 중요하게 생각하는지 이제야 어렴풋이 알 수가 있었다.

6.
백악관의 초대

찰칵! 찰칵!

인질로 잡혀 있던 사람들이 경찰들의 안내를 받아 담요로 얼굴을 가리며 강당 출입문을 통해 나오고 있었다.

그리고 그러한 모습은 기자들은 물론이고, 방송국 카메라에 찍혀 전국 아니 전 세계로 방송되고 있었다.

성환과 수진도 밖으로 나오는 인질들과 함께 테러 현장을 빠져나오고 있었다.

언론에서 자국 내에서 발생한 테러라는 것 때문에 크게 떠들어 대고 있지만, 현장은 테러 현장이라고 보기 힘들 정도로 아무런 피해 없이 끝났다.

인명피해 전무, 미미한 정도의 대물 피해만 있었을 뿐이다.

그렇지만 이번 테러로 인해 인질이 되었던 몇몇 피해자들은 심각한 고통을 호소하기 시작했다.

그 때문인지 피해자들은 대기하고 있던 엠뷸란스에 실려 가까운 병원으로 후송이 되었다.

그들은 피해 정도에 따라 의사와 상담을 하고 가벼운 상태인 사람은 귀가할 수 있었다.

하지만 이들과 다르게 성환의 일행들은 다른 사람들과 다른 행보를 하였다.

성환 일행이 다른 행보를 한 이유는 다름 아니라 현장이 정리되었다는 소식을 들은 백악관에서 테러 현장에서 지휘를 하던 존 쿠거에게 성환의 신병을 확보하란 지시를 받았기 때문이다.

명분이야 테러 진압에 도움을 주었기에 그것을 포상하기 위한다고 하지만, 그 속내는 뻔했다.

어떻게 하든 성환에게서 그와 경호원들이 어떻게 테러범들을 제압했는지 직접 듣고, 될 수 있다면 그들을 자국으로 포섭하기 위해서였다.

이미 안전보장회의를 하면서 에릭슨 대령에게서 그들의 능력에 관해 듣게 된 터라 쉽게 놓아주긴 아까웠다.

그리고 정말로 그런 능력을 가지고 있는 사람들을 아무리 동맹국이라고 하지만 타국에 두는 것은 무척이나 위험하다고 판단을 내렸다.

그렇다고 비밀리에 처리할 수도 없는 문제라 일단 만나 보고 판단을 하겠다는 속셈이다.

더글라스 대통령이나 안보회의 의원들 모두 각자 입장에서 판단을 하지만 그들의 궁극적 목표는 미국의 이익.

말로는 세계평화를 위한 회의를 한다고 하지만, 미국의 이익, 그것이 이들이 말하는 세계평화인 것이다.

성환 일행을 백악관으로 초대를 하는 것도 그 이유에서다.

FBI 요원의 안내를 받아 이동을 하는 중, 수진은 특별경호팀을 보면서 흥분된 말투로 떠들기 시작했다.

"아저씨들이 그렇게 대단한 분들인지 정말 몰랐어요. 그런데 테러범들이 총을 들고 있었는데, 안 무서웠어요?"

수진은 뭐가 그리 궁금한 것인지 열심히 떠들고 있었다.

그런 수진의 모습에 성환은 작게 한숨을 쉬었다.

졸업식에 오기 전까지만 해도 이제는 다 큰 어른처럼 행동을 하더니, 지금 보니 그것도 아니었다.

자신의 궁금증을 참지 못해 깨방정을 떨고 있었다.

하지만 그런 조카의 모습이 성환에게는 결코 싫지 않았다.

수진은 재작년 사고 이후 한번도 이런 모습을 보인 적이 없었다.

아무리 기쁜 일이 있어도 작은 미소를 보인다거나, 아니면 힘든 일이 있어도 그것을 혼자 감내하려는 모습을 보여 무척이나 안타까웠다.

그런데 지금은 뭐가 그리 즐거운지 사고 이전의 밝은 성격을 회복한 것처럼 보였다.

'그래, 수진이 넌 이런 모습만 보이면 된다. 다른 힘든 일이 있으면 삼촌이 다 해결해 줄께!'

성환은 수진이 밝게 웃는 모습을 보며 속으로 그렇게 다짐을 했다.

예전에도 이런 다짐을 했지만, 그때는 누나를 지키지 못했다는 자괴감에 자신에게 동기부여를 하기 위해서였다.

하지만 지금은 그런 의무감이 아닌 가족으로서 의무가 아닌 숙명으로, 그리고 언제나 밝은 모습 좋은 것만 보며 생활하기를 기원하는 마음으로 그런 다짐을 했다.

"어서요, 말해 줘요."

성환이 이런 생각을 하고 있을 때, 수진은 자신을 귀여워해 주던 고재환을 붙들고 졸라 댔다.

그런 수진의 모습에 고재환은 잠시 성환을 돌아보다 한숨을 쉬며 답을 하기 시작했다.

"휴…… 알았다. 그만 졸라, 수진아."

"네?"

"전에 아저씨들이 군대에 있을 때, 사장님 밑에서 많은 것을 배웠다고 했었지?"

"네, 그런데요?"

고재환은 작년 성환의 지시로 수진을 경호하기 위해 미국에 왔을 때, 수진에게 자신들을 소개하며 했던 말을 기억하며 질문에 답을 하였다.

그런 재환의 말에 수진은 중간 중간 추임새를 넣으며 재환의 말에 몰입하기 시작했다.

수진이 자신의 말에 몰입하자 재환은 미소를 지으며 조금은 과장을 섞어 가며 군대에 있을 때 무용담을 풀어놓기 시작했다.

그런 고재환의 말이 이어지자 주변에 있던 그의 팀원들이 야유를 보내기 시작했다.

"우!"

"뭐야! 내가 거짓말을 하고 있다는 거야!"

재환은 말을 하다 말고 팀원들이 야유를 하자 그들을 쳐다보며 소리쳤다.

그런 재환의 말에 박인환이 그의 말을 받았다.

"전무님! 과장이 너무 심하신 것 아니에요? 솔직히 당시 저희도 전무님과 함께 사장님께 교육을 받았는데 말입니다."

어차피 이들은 S1프로젝트를 위해 각 군에서 차출되어 정보사령부로 보내졌었다.

그리고 그렇게 모인 뒤 성환에게 특기에 맞는 무공과 기술들을 배웠다.

비록 배운 무공들은 다르지만, 능력은 거의 대동소이한 정도다.

그런데 지금 아무것도 모르는 수진에게 약을 팔고 있는 상급자의 모습을 보니 너무도 웃겨 껴든 것이다.

물론 그것이 악의적인 이유로 재환의 말에 초를 친 것이 아니라 조금 전 실전을 치르면서 느꼈던 스트레스를 해소하기 위한 장난에 불과하지만 말이다.

수진은 재환이 조금 전 하는 말을 진지하게 듣고 있었는데 인환의 말을 들으니 그 말이 모두 거짓이라 하자 눈을 새초롬하게 뜨고는 재환을 노려보며 물었다.

"뭐야! 다 뻥이에요?"

장기간 함께 생활하며 이젠 자신의 조카처럼 여겨지는 수진에게 점수 좀 따려다 거짓말쟁이가 될 처지에 놓인 재환은 얼른 변명을 했다.

"아, 아니야! 수진아! 아저씨가 한 말은 거짓말 아니다, 진짜야!"

하지만 한 번 신용을 잃은 그의 말에 수진은 믿지 못하겠다는 시선을 던지고는 성환에게 물었다.

"삼촌! 재환 아저씨 말이 사실이에요?"

성환은 수진의 질문에 어떻게 대답을 해 줄까, 잠시 고민을 했다.

사실 재환의 말이 과장되긴 했지만 콕 집어 거짓이라고 하기도 어려웠다.

이들의 능력에 관해선 누구보다 잘 알고 있는 자신이다 보니 재환이 거짓을 말한 것은 아니란 것을 잘 알고 있었다.

하지만 극비 프로젝트였던 S1의 일이기에 함부로 말 할 수는 없었다.

"흠, 인환의 말처럼 과장이 섞이긴 했지만, 100% 뻥은 아니지."

"사장님!"

"거봐! 내말이 맞지!"

성환의 대답에 재환은 안타까운 목소리로 성환을 불렀고, 인환은 자신의 맞았지 않냐 하며 턱을 끄덕였다.

그런 모습을 지켜보던 다른 사람들은 뭐가 그리 웃긴지 한바탕 폭소를 쏟아 냈다.

"하하하하!"

"호호호호!"

"크극, 큭큭! 내 저리될 줄 알았지! 하여튼⋯⋯."

일반 회사 같으면 전무에게 아무리 농담이라지만 저렇게 말을 할 수는 없었겠지만, 이들은 모두 같은 부대에 오래도록 동거동락을 한 사이다 보니 말하는 것이 스스럼이 없었다.

한편 이들을 태워 가는 FBI 요원들은 이들의 행동을 예의주시했다.

혹시라도 이들이 하는 대화 속에서 뭔가 정보를 파악할 수 있지 않을까, 하는 생각에서였다.

이들은 상부에서 내려온 명령으로 이들의 정체와 가진 능력에 대한 정보를 파악하기 위해 그들의 대화에 귀를 기울이고 있었다.

이들의 국적이 한국이란 것을 알고 있어 그것을 대비하기 위해 한국어를 할 수 있는 요원들로 구성을 했다.

한국계 이민자들이 많이 살고 있는 LA나 샌프란시스코와도 가까워 한국어를 알고 있는 요원도 꽤 되었다.

그중에는 한국계 FBI 요원도 있어 자연스럽게 정보를 빼내게 했다.

물론 백악관까지 안내를 하면서 그들이 하는 대화를 통해 정보를 빼내는 것을 말하는 것이다.

그렇기에 앞자리에 있는 FBI 요원들은 뒤에 있는 성환 일행의 대화에 귀를 기울일 수밖에 없었다.

하지만 아무리 그들의 대화를 들어도 도무지 그들에 관해선 이렇다 할 정보를 얻을 수가 없었다.

다만 조금 전 일행 중 전무라는 직함을 가진 남자가 한 말을 곱씹어 보았다.

그렇지만 아무리 생각해도 그건 아니었다.

그저 어린 소녀를 웃기기 위한 조크에 불과했다.

그리고 그것을 증명하기라도 하듯 그의 부하인 듯한 한 남자가 나서서 그의 말을 반박했고, 또 그들의 보스인 남자가 그 말에 쐐기를 박았다.

상부에서 명령이 내려올 때, 그 남자를 대할 때 조심하라는 주의까지 받은 상태이기에 실수를 하지 않기 위해 무척이나 조심했던 남자다.

겉보기에는 20대로 보이는데, 사실은 40살이라는 말에 깜짝 놀랐었다.

신비에 가려진 오리엔탈 매직을 익힌 남자라 했다.

제키 창이나 브루스 황처럼 오리엔탈 매직을 익혔기에 나이에 비해 무척 젊어 보인다 생각을 한 FBI 요원들은 성환이 무척이나 부러워졌다.

사내라면 사실 강함이라는 것에 매료되지 않을 수 없다.

그 강함이란 것이 돈이나 권력 등 여러 가지가 있겠지만 원초적인 육체의 강함이 가지는 마초적인 향수는 모든 수컷들의 꿈이다.

그건 FBI 요원이라고 다를 것이 없었다.

뒤에 타고 있는 사람들은 그런 꿈에 가장 근접한 것으로 보였다.

경호원들이니 분명 총기를 소지하고 있을 것이다.

그런데 이상한 것은 총을 들고 있으면서 왜 테러범들을 상대할 때 소지하고 있던 총을 사용하지 않았는지 이해할 수가 없었다.

만약 총을 사용했다면 보다 빠르게 테러를 막을 수도 있었을 것인데 그렇지 않은 것이 의문이었다.

하지만 그런 의문에 참고인 조사를 할 때 바로 드러났다.

그 모든 것이 인질로 잡힌 피해자들 때문이란 것이다.

"왜 가지고 있던 무기를 사용하지 않은 것입니까? 만약 무기를 사용했더라면 사건을 미연에 방지할 수도 있었을 것인데 말입니다."

"미연에 방지를 한다? 어떻게 말입니까? 주변에는 어린 학생들이나 보호를 받아야 할 여성들이 있는데, 그런 곳에서 테러범들과 총싸움을 하라는 것입니까?"

"그런 것은 아니지만……."

"테러를 미연에 방지할 수 있으면 가장 좋을 것이지만, 그건 저희가 할 수 있는 일이 아니라 FBI 여러분들이 해야 할 일입니다."

"음……."

"저희는 경호원들이라 의뢰인을 보호하는 것이 임무입니다. 의뢰인의 안전을 위협하는 어떤 행위도 벌어져서는 안 됩니다. 저희에게 소지한 무기를 상용하는 것은 불가피한 상황에서만 무기를 상용합니다. 그 외에는 사용하지 않습니다. 굳이 무기가 필요 없는 상황에게 무기를 사용하는 것은 의뢰인을 위험에 처하게 할 뿐입니다."

조사할 때 장황하게 설명을 하던 저들의 말에 조사를 맡았던 FBI 요원들은 깜짝 놀랐었다.

총으로 위협하는 적을 막는데, 당연히 들고 대항했을 것이라 생각했던 것과 다르게 저들은 최후의 순간까지 사용하지 않았다고 한다.

자신들을 총구 앞까지 내몰며 의뢰인과 주변의 피해자들이 위험하지 않게 맨손으로 무기를 든 테러범을 상대한 것이다.

그리고 비공식 정보통에 의하면 이번 세인트 조나단 예술학교에서 테러를 한 범인들의 정체가 CIA 전투요원이란 정보가 있었다.

일반 정보요원도 아닌 전투요원이라면 엄청난 조직력과 화력을 가진 놈들이었다.

아직까지 FBI에서는 테러범들의 정체가 그저 기존 CIA 조직에 불만을 품은 현장요원들 즉, 전투요원들이 자신들의 대우에 불만을 품고 벌인 일로 알고 있다.

뭐 CIA 특작대은 극비 중의 극비이니 아무리 FBI라고 해도 모를 수밖에 없었다.

그들은 CIA 상위 일부와 백악관의 안전보장회의 임원들 몇 명만 알고 있을 뿐이니 당연한 것이다.

아무튼 무기를 가지고 있으면서도 CIA 전투요원을 상대로 필요를 느끼지 못할 정도로 대담한 이들을 후송한다는 것에 이들은 작은 자부심이 생기는 것도 같았다.

그런데 이들과 좀 떨어진 곳에 기절하듯 잠들어 있는 이들이 있었다.

철창을 사이에 두고 갇혀 있는 그들은 바로 이번 세인트 조나단 예술학교에서 테러를 자행한 CIA 특작대이었다.

이들의 정체가 언론에 밝혀져선 안 되기에 성환 일행과 함께 호송을 하는 중이었다.

그런데 이들이 이렇게 잠을 자듯 쓰러져 있는 것은 잠을 자듯 쓰러진 것이 아니라 정말로 잠이 든 것이다.

물론 자신들이 잠을 자기 위해 자는 것이 아니라 수송을 편하게 하기 위해 FBI에서 비행기에 태울 때, 이들의 몸에 수면제를 주입했기 때문이다.

CIA 전투요원이라고 알려진 자들을 일반 요원인 자신들이 감당하기 어렵다고 판단해 그리 조치를 취한 것이다.

하지만 언제나 예외란 것이 있는데, 수면제가 들어 있는 주사를 맞았지만 금방 깨어난 사람이 있었다.

그 사람은 바로 CIA 특작대의 대장인 오웬이었다.

특작팀의 대장이 되기 위해 각종 실험과 훈련을 거치면서 그의 몸은 많은 약물에 저항력을 가지고 있었다.

그리고 그런 저항력이 있는 약물 중 하나가 바로 수면제였다.

CIA에서 약물 실험을 하는 이유는 만약 작전 중 포로로 잡혔을 때, 그들이 사용하는 약물에 저항해 자신이 알고 있는 비밀을 적에게 알리지 않기 위해서였다.

뭐 그것만이 아니라 아머슈트를 착용하기 위해서는 특별한 조건이 필요한데, 일반적인 사람은 아머슈트를 착용할 수 없었다.

아머슈트를 착용하기 위해선 아머슈트가 가지고 있는 무게를 감당할 수 있는 체력이 필요했다.

초기 아머슈트는 어느 정도 훈련된 병사라면 착용할 수 있었지만, 그 아머슈트는 파워팩 따로 분리되어 있는 것으로 운용 거리도 거대한 파워팩이 있는 주변을 벗어날 수가 없었다.

하지만 아머슈트의 기술도 발전하면서 파워팩의 크기가 줄어들어 조금 큰 배낭 정도로 작아졌다.

그것 때문에 아머슈트의 무게는 역설적이게도 늘어나게 되었다.

분리되었던 본체와 파워팩이 합쳐졌으니 당연한 결과였다.

아무튼 그러다 보니 CIA와 군에서는 아머슈트의 무게를 줄이는 연구와 함께 착용자의 신체 능력을 향상하는 연구에 들어갔다.

기존에도 인간을 강화하는 연구는 많이 시도되었다.

그중 가장 성공적인 것이 스테로이드제(근육강화제)였다.

운동선수들이 불법적으로 사용하는 그 스테로이드는 물론, 이것을 사용하면 자신이 가진 능력보다 많은 신체 능력 향상시킬 수 있다.

하지만 그 부작용도 심각한데, 그 대표적인 것이 정서 불안과 뼈가 약해지는 것이다.

그리고 심혈관계 질환과 수명도 줄어드는 것으로 조사되었다.

아무튼 이런 부작용이 있지만 CIA와 군은 목적을 위해서 연구를 계속했다.

그 때문에 비극으로 끝난 실험도 꽤 많았다.

그도 그럴 것이 약물을 이용한 신체 강화 실험은 신체 강화에만 그치는 것이 아니라 약물이 인간의 신체를 구성하는 전체에 작용을 하였다.

혈관을 따라 몸에 주입된 약물은 뇌에도 영향을 미쳤다.

그 때문에 실험에 참여한 많은 피 실험자가 정신질환을 겪었고, 그 과정에서 상당수의 연구자와 실험자들이 불의의 사고를 당했다.

실험자들이 겪었던 부작용에는 정서불안과 환청을 들 수 있었다.

그 때문에 그들은 엄청난 스트레스에 시달리다 결국 부작용을 이기지 못하고, 자살을 한다거나 아니면 엄청난 폭력성을 띠며 자신의 주변을 파괴했다.

실험이 계속될수록 피해가 눈덩이 마냥 늘어나자 군과 CIA에서는 공식적으로 실험을 포기하고 말았다.

하지만 CIA는 의회의 눈치를 보느라 실험을 포기한 것처럼 속이고 비밀리에 실험을 계속했다.

그리고 그 결과가 비밀부대인 특작대다.

CIA특작대는 이런 각종 실험을 거쳐 완성된 약물을 상당 기간 주입해 일반인들과는 다른 엄청난 파워를 가지게 되었다.

그러니 100kg이 넘는 아머슈트를 입고도 그리 자연스럽고 빠르게 움직일 수 있고 작전을 할 수 있었다.

이렇다 보니 CIA 특작대는 개인의 차는 있지만 약물에 대한 내성을 가지고 있었다.

이중 가장 출중한 저항력을 가진 오웬이 가장 먼저 수면제의 약력에서 벗어난 것이다.

오웬은 깨어나자마자 주변을 살폈다.

'음, 결국 이렇게 끝나는 것인가?'

천하의 CIA 특작대 대장이 너무도 어이없게 잡힌 것에 허탈한 심정까지 들었다.

'내 귀염둥이만 있었어도…….'

그런 와중에도 오웬은 자신들이 잘못했단 후회보다는 자신들의 기본 장비라 할 수 있는 아머슈트를 이번 작전에 사용하지 못한 것에 대한 아쉬움을 곱씹었다.

만약 그것만 있었다면 이번 작전이 이렇게 허망하게 끝나지 않았을 것이란 생각 때문이다.

하지만 자신의 나라에 아머슈트까지 동원해, 아니, 요인 납치를 하는 작전에 그런 장비까지 쓸 정도라 판단을 하지 않은 것이 패착이었다.

비록 세인트 조나단의 졸업식에 각계각층의 유명인들이 구경을 올 것이며 그에 따라 많은 경호원들이 그들을 따라올 것이란 예상은 했다.

그렇지만 이건 아니었다.

그의 계획에는 자신들을 제압할 정도의 괴물들은 들어 있지 않았다.

'내가 무엇을 실수한 것이지?'

오웬은 자신이 실패한 원인을 찾기 위해 계속해서 생각을 했다.

'비록 준비가 완벽하지는 않았지만, 그렇다고 아주 엉망은 아니었다.'

오웬의 판단에 자신들이 준비는 완벽하진 않았으나 그렇다고 그것이 이런 결과를 맞을 정도의 실수는 아니란 판단을 하였다.

그러면서 계속해서 작전 실패에 관해 생각을 하다 드디어 자신들이 작전에 실패한 원인을 찾을 수 있었다.

'그래, 내가 왜 그것을 생각지 못했지?'

실패 원인에 관해 생각을 하면 작전 실패에 관한 원인을 하나, 하나 제거해 나가다 보니 원인을 찾을 수 있었다.

"너희가 데려와야 할 자는 군의 최고 비밀부대인 S.W를 교육시킨 자를 데려오는 일이다."

"국장님! 저희 조직에도 그 정도의 교관은 얼마든지 있지 않습니까? 굳이 동양인을 데려올 이유가 있습니까?"

"그자는 우리의 상상을 불허하는 자로 알려졌다. 한국지부장도 요주의 인물로 지목하고 있고, 특히 자네 팀이 실패한 물건을 그가 어떻게 한 것인지는 모르지만 한국군에 넘겨줬다고 한다."

"아니, 그게 정말입니까? 어떻게?"

"그건 우리도 아직 정확한 정보가 없어 알 수는 없지만 당시 자네 팀이 작전을 벌이던 곳 가까운 곳에 제로가 머물고 있었다고 하니 정황상 자네들이 잽들을 상대하고 있을 때, 그자가 물건을 빼돌리지 않았나 하는 짐작뿐이야!"

하워드 국장에게 작전에 들어가기 전에 들었던 이야기를 곱씹으며 왜 자신이 그 이야기를 간과했는지 속으로 한탄했다.

'이런 젠장! 왜 그 생각이 이제야 나는 거야! 아무리 그때 원숭이들을 상대하고 있었다고 하지만, 분명 인근에 그 정도의 인물이 있었다면 충분히 체크가 되었을 것인데, 그런 것도 확인하지 못하고…….'

국장과의 대화를 기억한 오웬은 자신이 무엇을 실수했는지 그제야 깨달을 수 있었다.

오웬이 실수한 부분은 중국에서 신형 아머슈트의 설계도가 들어 있는 USB칩을 회수하기 위한 작전에 들어갔을 때, 칩을 들고 있는 중국 스파이가 탈출을 한 것을 방치한 것이었다.

변명이라면 자신들은 당시 일본 내각정보국 비밀요원─닌자─들을 상대하느라 잠시 그의 탈출을 방치했다.

딱 봐도 그자는 부상이 심해 멀리 도망치지 못할 것이기에 닌자들만 처리하면 유출한 물건의 회수는 따 놓은 당상이었다.

하지만 그런 판단은 자신의 오판이었다.

더군다나 그자가 사라진 것을 자신은 물론이고, 부하들도 눈치채지 못했다.

나중에 국장에게 질책을 받으면서 자신이 회수하지 못한 물건이 한국으로 넘어간 것을 알게 되었다.

그건 무척이나 중요한 일이었다.

신형 아머슈트의 설계도가 넘어갔다고 해도 중국에 넘어간 것이라면 당분간 시간적 여유가 있었지만, 한국이나 일본은 그렇지 못했다.

중국이 기술 발전이 많이 되었다고 하나, 아직도 그들이 신형 아머슈트의 설계도를 분석하고 기술을 습득하기까지 오랜 시간이 걸릴 것이다.

하지만 일본이나 한국은 그렇지 않았다.

그들은 오랫동안 자체적으로 아머슈트를 연구하고 있었다.

자국과 그리 오랜 차이가 나지 않을 뿐이지, 몇몇 분야에서는 자국의 연구원들이 생각지 못한 획기적인 방법을 고안해 내기도 했다.

그것들 중 하나가 바로 한국의 인공 근육이었다.

물론 일본에서도 그와 비슷한 것을 개발한 듯 보였지만, 아무튼 한국에서 개발한 아머슈트에 관해 알고 있는 오웬은 하워드 국장의 말에 깜짝 놀랐다.

이미 제작 기술을 가지고 있는 한국이 신형 아머슈트의 설계도를 가지고 있다면 그들도 곧 한국군도 지급받은 장비를 보급 받을 것이란 소리였다.

더욱 우려되는 것은 한국의 연구원들의 말도 안 되는 능력이었다.

같은 물건을 만들어 낼 때, 한국인들은 보다 저렴한 비용으로 대량 생산이 가능하다는 것이다.

그게 어떻게 되는 것인지 아무도 알 수가 없다.

하지만 그들은 양산이 가능할 정도로 물건을 뽑아냈다.

가격 대비 성능비가 가장 우수한 제품을 뽑으라면 오웬 자신은 한국 제품을 꼽을 것이다.

자국의 장비나 다른 선진국의 제품들에 결코 뒤지지 않으면서도 성능은 엇비슷하거나 약간 처질뿐이니까.

물론 신뢰도 측면에서는 약간 고민을 하겠지만, 그래도 많은 사람들이 한국이 생산한 제품을 선택할 것이다.

만약 한국에서 신형 아머슈트가 생산이 된다면 미국은 한국이 생산한 그것을 구입할 것이 분명했다.

그것이 자국 기업이 연구개발한 것이라고 해도 선택할 수밖에 없을 것이다.

현대는 모든 것이 예산이 결정을 할 것이니 말이다.

자신들이 지급받았던 신형 아머슈트의 가격은 1억 달러라 알려졌다.

하지만 한국은 그것의 1/10 정도의 가격이면 충분히 생산해 낼 것이다.

아니, 어쩌면 그것도 많이 쳐 줬을 때 이야기.

보다 더 저렴하게 생산할지도 모른다.

이런 저런 생각을 하다 보니 오웬은 자신이 실패할 수밖에 없다는 생각과 함께 나중에는 한국의 불가사의한 능력에까지 미치게 되었다.

'제장! 그나저나 이렇게 붙잡히게 되었으니 어떻게 될까? 분명 청소부들이 우릴 처리하기 위해 올 텐데!'

오웬은 한참 생각을 하다 결국 자신과 부하들의 미래에 관한 생각을 하게 되었다.

그의 생각에 하워드 국장의 성격상 조직의 흔적을 지우기 위해 청소부들을 보낼 것은 불을 보듯 빤했다.

그런 상황에게 죽어 줄 생각이 없는 오웬은 지금 이 순간 탈출을 고민했다.

'분명 기회는 올 것이다. 다만 그 기회가 CIA에서 보내

는 청소부가 당도하기 전에 오길!'

오웬이 자신들이 붙잡힌 지금 CIA에서 분명 자신들을 죽일 것이란 것을 알고 있다.

자신도 예전 그런 일을 했었다.

배신을 한 요원이나 적에게 노출된 요원들을 조용히 처리하는 일을 했다.

그러다 CIA 내부에 특작대가 꾸려지면서 자신에게도 기회가 돌아왔다.

사실 청소부 역할만 하다가는 돈도 못 벌고 위험만 따르는 것이라 자신의 적성에도 맞지 않았다.

그래서 위험천만한 특작대에 지원을 했다.

각종 약물과 훈련을 받으며 적응을 못해 미쳐 가는 동료들을 많이 봤다.

하지만 자신은 그런 힘든 과정을 뚫고 지금의 위치에 올랐다.

그런데 단 한 번의 실수로 폐기 처분 대상에 올랐다.

이런 생각을 하니 갑자기 화가 나기 시작했다.

그동안 조직을 위해 자신이 목숨을 걸고 한 일들이 얼마나 많은데, 숙청 대상에 오른 것에 화가 난 것이다.

오웬은 지금 자신이 저지른 일 때문에 CIA는 물론이고 백악관까지 난리가 났다는 것은 생각지 않고, 그저 자신의 입장에서만 생각을 했다.

그러면서 어떻게든 빠져나갈 길을 모색했다.

◆　　◆　　◆

"어서 오시오!"

"만나 뵙게 돼서 영광입니다."

성환 일행이 백악관에 들어서자 입구에서 더글라스 대통령이 입구에서 그들을 맞으며 환영 인사를 했다.

그의 입장에서 보면 성환 일행은 구세주나 다름이 없었다.

현재의 미국은 자국 내 테러 사건에 무척이나 민감한 반응을 보이고 있었다.

2001년에 발생한 9.11테러 이후 각종 테러에 시달린 미국인들은 테러에 광적인 반응을 보였다.

어느 정도냐 하면 테러 방지를 위해선 개인의 자유도 어느 정도 억압을 해도 괜찮다는 설문조사가 있을 정도로 민감한 반응을 보였다.

그리고 그런 반응뿐 아니라 자신의 신변을 보호하기 위해 권총이나 테이저건 같은 호신 무기를 구입하고 휴대를 했다.

각종 총기 사고가 발생하면 총기 소지 규제법을 제정해야 떠들면서도 그와 반대로 자신의 신변 보호를 위해 총기를 구입했다.

참으로 아이러니한 일이 아닐 수 없었지만, 그것이 현재의 미국이 처한 현실이었다.

규제의 필요성은 인정되나 자신의 안전은 자신이 지켜야 한다는 상반된 생각이 총기 규제법을 아직까지도 채택하지 못하게 길을 막고 있었다.

이런 상황에서 자국의 안보를 지켜야 할 조직이 오히려 반대로 자국민을 상대로 테러를 자행했다.

하지만 그런 행위는 순식간에 처리되었다.

비록 자국의 특수부대나 테러 진압 부대가 아닌, 외국의 보디가드 회사에서 파견된 이들에게 잡히긴 했지만, 아무튼 천만다행이었다.

만약 테러 사건이 장기화되고, 그런 과정에서 테러범들의 정체가 언론에 알려졌다가는 국가 존속의 위기에 빠졌을 것이다.

그러한 위기에 빠질 뻔했던 것을 지금 오는 이들이 해결해 주었다.

그러니 자존심이 강한 더글라스 대통령이라고 해도 이들을 버선발로 나와 맞아도 부족했다.

비록 이번 테러 사건으로 인해 약간의 지지도 하락이 예상되기는 하지만 어떤 측면에서는 반대로 상승할지도 모른다는 설문도 있었다.

그런 말이 나오는 배경에는 테러가 발생했지만 신속하게 경찰이 대응을 했고, 아무런 인명피해가 발생하지 않았다는 것이 주요했다.

아무리 규모가 크던 작던 테러 사건이 발생하면 피해가 발생했다.

그런데 이번만은 달랐다.

아무런 피해가 발생하지 않았다.

물론 인질로 잡혔던 몇몇 사람들이 스트레스를 호소하긴 했지만, 여느 테러에 비해 미비했기에 여론은 현 정부에 긍정적인 반응이다.

그런 상황이다 보니 이렇게 더글라스 대통령은 타국의 국빈도 아닌데도 백악관 입구까지 나와 성환 일행을 맞은 것이다.

◈　　◈　　◈

성환 일행이 백악관에 들어서자 준비된 식순에 맞게 진행이 되었다.

"위 사람은 이번 발생한 테러사건에서 자신의 생명이 위급함에도…… 이에 미합중국 대통령이 가진 권한으로 훈장을 수여함."

더글라스 대통령이 훈장을 들고 서 있고, 그 앞에는 성환과 고재환을 비롯한 그의 팀원들이 대통령 앞에 서서 훈장 수여를 기다렸다.

사회자가 훈장의 내용을 읽고 차례에 맞게 훈장이 가슴에 매달렸다.

짝짝짝짝!

성환 일행이 더글라스 대통령의 훈장을 받는 자리에는 주미 대사가 참석을 해 입가에 만연한 미소를 지으며 열심히 박수를 치고 있었다.

그는 마치 자신이 한 일 때문에 성환 일행이 훈장을 받는 것처럼 무척이나 거만한 태도를 보이고 있었지만, 그런 대사의 태도에 뭐라 말을 하는 사람은 아무도 없었다.

미국 관계자들은 자국의 위기에 도움을 준 사람들이 한국인이기에, 그리고 성환 일행은 굳이 자국 대사를 면박 주기 싫어 모르는 척할 뿐이지만, 그는 그런 것을 생각할 정도로 올곧은 사람이 아니기에 다른 사람들이 자신을 어떻게 생각하는지도 모르고 좋아하고 있었다.

훈장 수여식이 끝나고 성환 일행은 더글라스 대통령 가족들과 식사를 하게 되었다.

원래 이런 일정은 잡혀 있지 않았지만, 미국의 전 국민이 지켜본 오렌지카운티 세인트 조나단 예술학교 테러 사건의 해결사들이 백악관에 온다는 소식을 들은 더글라스 대통령의 막내딸이 때를 쓰는 바람에 억지로 이루어진 자리다.

"정말로 미스터 나이가 그렇게 많아요?"

더글라스 대통령의 막내딸 빅토리아는 동그랗게 뜬 눈으로 성환을 돌아보며 물었다.

겉보기에는 자신의 오빠인 레이논 더글라스랑 비슷해 보이는데, 실제로는 20살이나 많다는 말에 깜짝 놀라 진실을 확인하기 위해 물어본 것이었다.

그런 빅토리아의 귀여운 질문에 성환을 뺀 다른 사람들은 입가에 미소를 지으며 그녀를 쳐다보았다.

처음 식사 자리를 하게 되었을 때만 해도 성환 일행은 미국 대통령과 저녁을 함께한다는 것 때문에 긴장을 해, 그리 편한 자리가 아니었다.

하지만 빅토리아의 돌발 행동과 나이와 다르게 무척이나 천진무구한 행동에 금방 분위기가 좋아졌다.

"맞아, 빅토리아! 우리 삼촌이 엄청 동안이지?"

"응, 레이논하고 같이 있음 친구인지 알 거야!"

어느새 친구가 된 빅토리아와 수진은 편하게 대화를 주고받았다.

아무리 분위기가 편해졌다 하지만 고재환이나 특별경호팀의 다른 사람들은 역시나 말을 하는 것이 조심스러웠다.

그래서 식사 자리에서 간간히 대화가 오가기는 했으나 주로 이야기를 하는 것은 빅토리아와 수진일 수밖에 없었다.

한편 더글라스 대통령도 성환의 나이가 40살인데, 이제 갓 대학을 들어간 청년으로 보이자 깜짝 놀랐었다.

'동양의 신비한 마샬아츠를 배웠다고 하던데…… 놀랍군!'

그리고 그런 생각을 하는 것은 비단 더글라스 대통령만은 아니었다.

　아니, 성환의 젊음에 대한 비밀은 이 자리에 있는 다른 누구도 아닌 더글라스 대통령의 부인이자 미국의 퍼스트레이디인 마리아 더글라스였다.

　마리아 더글라스는 막내딸이 성환의 나이에 관한 진실을 물을 때, 가장 눈을 빛내며 성환을 주시했다.

　"그래요, 마스터 정! 비결이 뭐예요? 비밀이 아니라면 우리에게도 알려 줄 수 없나요?"

　이미 50대 중후반으로 들어서는 그녀인지라 하루하루 늘어가는 주름은 어쩔 수 없었는지, 은근한 말투로 물었다.

　영부인의 질문에 성환도 잠자코 있을 수만은 없어 어색한 미소를 지으며 대답을 했다.

　"영부인께서 물어보시니 말씀을 안 할 수가 없네요. 고대 동양에는 신이 되고자 했던 사람들이 있었습니다. 그들을 도사(道師) 또는 도인(道人)이라 불리며 생명의 신비와 자연의 진리에 관해 수도를 하였습니다."

　성환은 서양인인 이들이 알기 쉽게 동양 무술이 탄생하게 된 것과 자신이 익힌 무공에 관해 옛날이야기를 들려주듯 이야기를 하였다.

　"그래서 그러한 연구들이 모여 무공이란 것이 되고, 또 세월이 흐르면서 체계를 가지게 되었습니다. 영부인께서도 중국영화 감독들이 만든 동양 판타지 영화를 알고 계실 것입니다."

성환은 이들이 알기 쉽게 예를 들어가며 설명을 하였는데, 미국 헐리웃은 세계 모든 영화산업의 메카이다.

많은 나라의 배우, 감독, 시나리오 작가들이 자신들의 이름을 알리기 위해 문을 두드리는 곳이기도 하다.

이런 헐리웃에 많은 중국이나 한국의 감독들도 이름을 올리고 있었다.

그들이 선보이는 영화 연출은 기존 서양 감독들이 선보이는 연출과는 무척 다른 맛을 느끼게 했다.

영부인인 마리아도 지금까지 살아오면서 많은 영화와 드라마를 보았다.

그중에는 아시아인 감독이 만든 작품들도 꽤 있었다.

그러다 보니 성환의 설명이 무척 가슴에 와 닿았다.

영화를 볼 때만 해도 그저 환상이라 생각했는데, 정말로 고대 아시아에서 그런 일이 가능했다는 말을 들으니 경악을 금할 수가 없었다.

그리고 그건 더글라스 대통령은 더욱 크게 작용했다.

그는 누가 뭐래도 미국의 안전을 책임져야 할 미국의 대통령.

그런데 영화에 나오는 말도 되지 않는 능력이 가능하다고 하니 저절로 경각심이 이루어졌다.

"그게…… 지금도 가능하다는 말인가?"

조금은 떨리는 듯한 더글라스 대통령의 질문에 성환은 쓰게 미소를 짓고는 그 질문에 대답을 했다.

"꼭 그렇지만은 않습니다. 어떻게 사람이 하늘을 날아다니고 그렇겠습니까? 그건 영화에서나 가능한 것이고, 사실은……."

성환은 자신이 그런 능력을 가지고 있으면서도 혹시나 만약을 위해 영화는 그저 과장된 것이란 말로 일축했다.

그러면서도 지금까지 자신이 한 이야기를 거짓으로 생각해 불쾌해할 것을 저어해 다른 것을 선보이기로 했다.

"이런 것은 가능합니다."

성환은 들고 있는 나이프를 가지고 고기를 자르는 시늉을 하였다.

그런데 성환이 고기를 자르고 나자 그 모습을 보았던 사람들은 지금까지와는 비교가 되지 않을 정도로 놀래 자리에서 벌떡 일어나고 말았다.

우당탕!

"아니!"

"어머!"

"오 마이 갓!"

그런 놀라움은 비단 더글라스 대통령 가족만의 것이 아니었다.

성환을 뺀 모든 사람들이 놀라고 있었다.

그들이 성환의 행동에 놀란 이유는 다름 아니라 성환이 스테이크를 자른 뒤에 고기를 집어 들자 고기를 받치고 있던 접시가 깨끗하게 잘려 있었기 때문이다.

아무도 왜 접시가 저렇게 되었는지 알 수 없었지만, 성환이 뭔가를 했다는 것만 짐작할 뿐이다.

"미스터! 어떻게 그렇게 한 것이에요?"

빅토리아는 아까부터 성환을 이름이나 성으로 부르는 것이 아니라 그저 미스터란 표현으로 부르며 궁금한 것을 물었다.

사실 빅토리아가 처음부터 성환에게 그렇게 부른 것은 아니었다.

그저 테러범들을 잡은 영웅들에 대한 호기심 때문에 저녁을 같이 하자고 했는데, 이야기를 하다 보니 이들의 일행이 자신의 오빠와 나이차가 그리 나 보이지 않는 성환이란 것을 알게 되고, 또 그가 나이를 떠나 친구가 된 수진의 외삼촌이며, 나이도 40살이나 되었다는 것에 깜짝 놀랐다.

그때부터 빅토리아는 성환에게 관심을 보이기 시작했던 것이다.

겉으로 보면 나이 차이도 없어 보이며 영화 속 슈퍼히어로와 같은 능력을 가지고 있는 성환에게 가지는 환상은 다른 사람이 짐작할 수가 없었다.

그렇게 성환에게 호기심을 느낀 이 어린 처자는 성환을 수진의 삼촌이니 엉클이라 부르기도 그렇다고 '미스터 정!' 이라 부르기엔 건방져 보이고 해서 생각해 낸 것이 그저 미스터라 부르는 것이다.

빅토리아는 자신이 생각해 낸 호칭이 생각보다 마음에 들었다.

왠지 성환과 가까운 것만 같은 생각이 들었기 때문이다.

"어떻게 설명을 해야 할까? 음, 표현을 하자면 사이킥(Psychic)에너지를 포스(Force)로 변환을 했다고 하는 정도 되겠군!"

성환은 이들이 알아들을 수 있을지 모르지만 나이프의 날에 검기를 형성했던 것을 설명을 하자니 적당한 표현이 생각이 나지 않아 대략적으로 설명을 하게 되었다.

"무슨 소린지 잘 모르겠어? 어떻게 사이킥(Psychic)에너지를 포스(Force)로 바꾼다는 것인지? 머리 아파!"

빅토리아는 성환의 설명을 이해할 수 없다는 표정으로 한참 떠들다 머리가 아프다는 듯 두 손으로 머리를 붙잡았다.

그런 빅토리아의 모습에 더글라스 대통령이나 마리아 부인은 큰 소리로 웃었다.

"하하하!"

"호호호, 빅토리아 그런 것을 뭘 그리 고민을 하니, 그냥 그런가 보다 하면 되는 거지!"

"그래야 할까 봐요. 난 뭔 소린지 하나도 못 알아듣겠어!

수진은 저 말이 무슨 소린지 알아?"

결국 자신은 못 알아듣겠다는 듯 포기를 하고 자신의 옆자리에 있는 수진에게 화살을 돌렸다.

그런 빅토리아의 질문에 수진을 고개를 흔들며 단호하게 대답했다.

"아니, 나도 몰라!"

그런 수진의 대답에 빅토리아는 코끝을 찡긋 하고는 고개를 돌려 성환을 주시했다.

빅토리아의 모습은 무척이나 사랑스러운 모습이지만, 한편으론 무척 부담스런 모습이기도 했다.

'이거 위험한데!'

'뭐야! 저 꼬마 아가씨가 사장님께 관심이 있나?'

'헐! 설마!'

주변에 있던 고재환이나 특별경호팀은 식사를 하다 말고 성환을 주시하는 이 맹랑한 꼬마 아가씨의 모습에 긴장을 했다.

'사장님! 이건 범죄예요. 범죄라고요.'

정말이지 빅토리아의 행동을 지켜보는 어른들은 가슴이 조마조마해졌다.

그리고 그건 성환의 기행에 경악을 했던 더글라스 대통령이나 마리아 여사도 같은 생각이었다.

말괄량이에 청개구리마냥 어디로 뛸지 모르는 막내의 성격을 잘 알고 있는 대통령 부처는 그런 빅토리아의 모습에 적이 걱정스러웠다.

물론 성환이 마음에 들지 않는 것은 아니었다.

서로 사랑하는 사이라면 나이 차이야 무슨 상관이겠는가? 하지만 이건 아니었다.

아직 성년(成年)도 되지 않은 16살짜리 꼬마 아가씨가 조숙해도 너무 조숙했다.

물론 미국에서 16세라면 충분히 자신의 의사결정을 할 수 있는 나이기도 하지만, 그래도 이건 아니었다.

이렇게 생각지 못했던 저녁식사 자리에서 철부지 아가씨의 몽상으로 어른들의 걱정이 커 갔다.

7.
오웬의 탈출

미연방수사국 통칭 FBI라 명명되는 미국의 대표적인 정보기관인 곳의 지하 시설에 일단의 인물들이 들어왔다.

지금까지 이곳은 사람들에게 잘 알려진 곳은 아니지만, 이곳에 수용되는 범죄자들은 사람들이 상상하는 최악의 범죄를 저지른 자들이 수용되는 곳으로, 연방수사국 본부에 만들어진 특수 감옥이다.

웬만한 흉악한 범죄자도 이곳 감옥에 구속되지 않았지만, 오늘 들어온 이들은 너무도 엄청난 비밀을 간직하고 있기에 이곳에 수용할 수밖에 없었다.

이들이 이곳에 수용될 수밖에 없는 비밀은 범인들이 일반 테러범이 아닌 국가 정부기관 요원으로서 테러를 저지른 범인이기 때문이다.

이러한 비밀은 자칫 국가 존속을 뒤흔들 만큼이나 엄청난 것이다.

미국은 물론이고, 전 세계에 방영된 캘리포니아 오렌지카 운티에 있는 한 학교를 대상으로 벌인 테러는 많은 사람들이 지켜보았다.

그럴 수밖에 없는 이유는 바로 그 학교가 일반 학생들이 다니는 학교가 아니라 예술을 가르치는 학교로 그 학교 출신 들이 세계적으로 유명한 대스타들이기도 했기 때문이다.

뿐만 아니라 학교 졸업식에는 그 학교의 졸업생인 대스타 들이 대거 참석을 했으니 당연히 언론의 주목을 받을 수밖에 없었다.

그렇게 많은 언론이 집중되고 있는 곳에 미국의 정부기관 인 CIA의 요원이, 그것도 전직도 아닌 현역에 종사하고 있 는 요원이 국내에서 테러를 벌였다.

그런 비밀이 알려진다면 어떤 파장이 벌어질지 잘 알고 있 기에 FBI는 범인을 잡자마자 바로 워싱턴 D.C에 있는 본 부로 압송했다.

이런 FBI 본부에 은밀하게 침투하는 그림자가 있었다.

"풋! FBI의 경계도 별것 아니군!"

FBI의 경계 수준을 비웃는 남자는 실내에 있는 CCTV의 사각을 이용해 은밀하게 이동을 하여 자신의 목적지를 향해 들어갔다.

◈　　◈　　◈

　FBI 본부 지하 깊숙한 곳에 마련된 감옥, 이곳은 사실상 탈출이 불가능한 곳 중 하나다.

　미국 전국에는 많은 감옥이 있고, 또 그중에서 탈옥이 불가능하다 알려진 악명 높은 곳도 많았다.

　하지만 이곳 FBI의 감옥은 다른 의미에서 탈출이 불가능했는데, 그 이유는 바로 삼면을 제외한 전면(前面)이 웬만한 소총탄에는 흠집도 나지 않는 강화유리로 되어 있었다.

　그렇다고 삼면의 벽은 뚫을 수 있느냐 하면 그것도 아니다.

　다른 삼면은 철판 두께가 50㎜나 되는 철판이 덧대어 있는 강화 콘크리트로 되어 있어 외부에서의 침투가 불가능했다.

　그 말은 외부의 도움을 받지 않고서는 탈출이 불가능한 곳이지만, 정작 외부의 도움을 받을 수 없는 곳에 감옥이 위치해 있다는 말이었다.

　"모두 모여라!"

　"알겠습니다, 대장!"

　오웬은 부하들을 모았다.

부하들을 부르며 주변을 살핀 오웬은 이곳이 FBI가 비밀리에 운영하고 있는 특수감옥이란 것을 깨달았다.

이곳에 수용된 범죄자들은 살아서, 아니, 죽어서도 밖으로 나가지 못한다는 것을 잘 알고 있는 오웬은 눈을 반짝였다.

오웬은 자신들이 갇힌 감옥이 이곳이란 것에 어느 정도 안심을 했다.

그도 그럴 것이 평범한 감옥이었다면 자신들의 안전을 장담할 수 없었기 때문이다.

미국은 물론이고 전 세계에서 CIA의 입김이 닿지 않는 장소는 몇 곳 되지 않는다.

미국과 척을 지고 있는 러시아에도 CIA의 영향력은 행사되고 있다.

아프리카 오지에도 CIA의 비밀지부가 자리하고 있다.

다만 지구상에 남극과 북극을 빼고 유일하게 CIA의 지부가 없는 나라는 바로 북한이었다.

너무도 폐쇄적인 나라인 북한을 빼고 CIA의 입김이 닿지 않은 곳이 없기에 자신들의 안전을 위해선 CIA의 입김이 닿지 않는 곳에 가야만 했다.

그런데 북한을 빼고 그나마 안전한 곳이라면 이곳을 들 수 있었다.

CIA의 입김에서 벗어날 수는 없지만, 그래도 이곳 FBI 특수감옥이라면 어느 정도 시간을 벌어 줄 수 있으리라.

언젠가는 자신들을 찾아낼 수는 있겠지만 그것뿐이다.

비록 허술해 보이긴 하지만 자신의 앞에 있는 투명한 유리가 어느 정도의 강도를 가지고 있는지 잘 알고 있는 오웬은 적이 안심이 되었다.

통통!

자신을 가두고 있는 투명한 강화유리를 두드려 본 그는, 강화유리의 강도가 어느 정도인지 가늠이 되었다.

'이 정도면 신형 아머슈트를 입지 않고는 힘들겠군!'

오웬이 그렇게 강화유리의 강도를 실험하며 탈출할 계획을 세울 때, 그의 지시를 받은 부하들이 그의 곁으로 모여들었다.

"마이클, 꺼내라!"

오웬은 마이클을 보며 다른 설명 없이 뭔가를 지시를 내렸다.

그는 오렌지카운티에서 작전에 들어가기 전 물품 담당 데런 말고, 마이클에게 뭔가를 준비하란 지시를 내렸었다.

원래 작전에 들어가는 물건의 준비는 데런이 했지만, 그가 구입해야 할 물건이 많아 수송 담당인 마이클에게 따로 지시를 내린 것이었다.

오웬의 말이 있자 마이클은 아무런 말없이 신고 있는 신발을 벗어 굽을 제거했다.

신발 굽을 제거하자 그 안에 작은 막대와 같은 물건이 여러 개 나왔다.

"대장! 이건?"

"그래, 혹시 몰라 준비했다."

부하들은 마이클이 신발에서 꺼낸 것이 무엇인지 금방 깨닫고 그것을 확인하기 위해 오웬에게 물었다.

그런 부하들의 질문에 오웬은 차가운 미소를 지으며 대답했다.

오웬의 대답을 들은 그의 부하들은 흥분하기 시작했다.

저것만 있으면 탈출이 불가능한 이곳도 나갈 수 있을 것이다.

마이클이 꺼낸 것은 바로 그들이 위험한 작전에 들어갈 때, 최후에 사용하는 마약이었다.

이 자리에 이들의 필수 장비인 아머슈트가 있다면 저것을 사용하지 않아도 되지만, 지금은 그런 것이 없으니 어쩔 수 없었다.

비록 저것을 사용하고 나면 약효가 떨어진 뒤 그 후유증이 심각하나, 이곳에서 평생 썩는 것 보다는 나았다.

그렇기에 저렇게 기뻐하는 것이다.

"준비들 해라! 언제 청소부가 들이닥칠지 모른다."

아무리 이곳이 FBI가 운용하는 특수감옥이라고 하지만 자신들이 벌인 일과 자신들의 정체를 알고 있는 자들이라면 절대로 자신들을 살려 두지 않을 것이다.

이곳이 죽어도 빠져나갈 수 없는 특수감옥이지만, 살아 있는 것보다는 죽은 시체가 입이 더 무겁다.

비밀을 지키기 위해 분명 누군가 자신들을 죽이기 위해 올 것이다.

그것이 CIA의 청소부가 되었든 아니면 미국 정부의 또 다른 요원이든 말이다.

그렇기에 오웬은 한시바삐 이곳을 빠져나가려는 것이다.

이곳은 철저히 무인 시스템으로 운용이 되고 있어 어쩌면 이들에게 기회가 될 수도 있었다.

FBI는 혹시나 사람이 지키다 범죄자들에게 매수를 당할 수도 있다 여겼기에 이곳에 교도관을 두지 않았다.

이곳 특수감옥에는 인간들이 상상도 못할 해괴한 특수 범죄자들이 수두룩하다.

그중에는 언변으로 사람들을 세뇌를 하는 자들도 더러 있었다.

그렇기에 FBI는 사전에 그런 사고를 방지하기 위해 무인 경비 시스템을 도입해 사용했다.

그런데 이들이 준비한 각성제를 맞고 탈출을 준비하고 있을 때, 이들이 수용된 특수감옥으로 들어서는 사람이 있었다.

저벅저벅!

"병신들 많이 지켜봐라!"

FBI를 비웃으며 특수감옥에 침투한 남자는 전직 CIA 요원이며 현재는 프리랜서로 청부업을 하고 있는 남자였다.

주로 CIA의 의뢰를 받아 일을 하는데, 이 남자는 살아서 CIA를 은퇴한 몇 되지 않는 사람 중 한 명이었다.

원래 스파이들의 운명은 나이가 들어 능력이 떨어지면 살아서 은퇴를 하는 경우는 거의 없다.

물론 CIA 요원으로 근무를 하다 정년이 되어 은퇴한 사람이 아주 없는 것은 아니다.

CIA에도 현장에서 스파이 활동을 하는 요원이 있는가 하면, 지부나 본부에서 서류 작업을 하는 사무요원도 있다.

비록 각국에 활약하는 스파이들이 보내 오는 비밀을 취급한다고 하지만, 사무를 보는 요원들은 일반 기업의 직원들처럼 자신들이 처리하는 정보가 얼마나 중요한 것인지 모르고 그저 시키는 것을 정리하는 것이기 때문에 그들이 은퇴할 때 생명의 위협을 받지는 않는다.

하지만 현장에서 다른 나라의 정보를 빼내는 스파이들은 상대국에 붙잡혔을 때, 조국에 큰 피해를 야기한다.

그렇기 때문에 각국의 정보부에서는 이런 스파이들을 생포하기 위해 노력을 하고, 또 스파이를 파견한 곳에서는 붙잡힌 스파이들을 처리하기 위해 청소부를 보낸다.

마이클 베런은 그런 위험한 직업을 가지고 있으면서 젊어서는 현장요원으로, 그리고, 나이가 들어서는 이렇게 폐기된

요원들의 뒤처리를 하는 직업을 가지게 되었다.

사실 베런은 현장요원으로 활약을 할 때도 여느 스파이들처럼 조용히 침투해 정보를 빼내는 일보다는, 주로 적국의 주요인물의 암살을 하는 요원이었다.

그러니 나이가 들어 은퇴를 할 시기에도 베런을 감당할 만한 능력 있는 해결사가 없어 무사히 은퇴를 할 수 있었다.

아니, 오히려 CIA의 일을 해결해 주는 청소부로 계약할 수 있었다.

아마 오웬도 이번 일만 아니었다면 베런과 비슷한 과정을 거쳐 비슷한 일을 했겠지만, 결과적으로 오웬은 너무도 위험천만한 일을 진행했고, 실패를 했다.

작전 실패는 언제나 있을 수 있지만, 이번 실수는 너무도 컸다.

그래서 CIA에 버림받고 청소부의 방문을 받게 되었다.

베런은 범죄자들이 있는 방을 지나 자신이 목표로 하는 이들이 모여 있는 곳으로 향했다.

오웬의 팀이 갇혀 있는 방 앞에 도착한 베런은 이들을 보며 큰 소리로 외쳤다.

"안녕들 하신가?"

갑작스런 큰 소리에 탈출을 준비하던 오웬과 그의 부하들이 고개를 돌렸다.

"누구지? FBI에서 우릴 취조를 시작한 것인가?"

오웬은 갑작스런 등장에 두근거리는 심장을 진정시키며 최대한 담담히 물었다.

하지만 그의 질문에 대답을 하는 베런의 말은 무척이나 장난스러워 보였다.

마치 개구쟁이가 친구를 놀리는 것처럼 손짓을 하며 말을 했다.

"NO, NO, NO!"

오웬은 갑자기 나타난 베런에게 질문을 했지만 베런은 진지한 오웬의 질문에 답을 하지 않고 장난을 치고 있었다.

"내가 누굴까? 왜? 어째서? 내가 이곳까지 왔을까?"

그런 장난스런 베런의 질문은 탈출을 준비하던 오웬이나 그의 부하들을 더욱 긴장시켰다.

상황과 맞지 않는 베런의 행동은 이들을 긴장하게 만들기 충분했다.

한편 베런의 장난스러운 모습을 보던 오웬은 베런의 정체를 어느 정도 눈치챌 수가 있었다.

"국장이 보냈나?"

"호? 어떻게 알았지?"

"후후, 빤하지 않나?"

오웬은 새롭게 등장한 인물이 자신의 예상대로 CIA에서 보낸 청소부란 것을 알게 되자 안심이 되었다.

분명 자신들을 죽이기 위해 온 사람이니 긴장을 해야 하지만, 정체를 알지 못했을 때나 두려움이나 긴장을 하는 것이지, 이미 상대의 정체를 알게 된 지금은 긴장할 필요를 느끼지 못했다.

분명 국장이 보낸 청소부이니 분명 능력은 출중한 인물일 것이다.

조직 내 운영하는 처리조의 청소부일 수도 있고, 그렇지 않다면 몇 되지 않지만, 전직 요원으로 프리랜서인 암살자를 보낼 수도 있었다.

그리고 지금 앞에 있는 자의 행동을 보니 전자보다는 후자에 속하는 인물로 보였다.

물론 위험할 것이다.

하지만 긴장할 정도로 위험해 보이지도 않았다.

눈앞에 있는 자가 프로라는 것은 알 수 있었다.

하지만 자신들은 그가 오기 전 이곳을 탈출하기 위해 비상시에 사용하는 각성제까지 복용한 상태.

원래 가지고 있는 능력도 조직에서 실시한 강화인간 프로젝트에 의해 각종 약물로 강화되어 일반인을 기준으로 3배 이상의 체력을 가지고 있다.

그런 상태에서 개인 편차는 있지만 능력의 2~3배에 해당하는 힘을 발휘할 수 있게 만들어 주는 각성제가 투입된 상태다.

당연 자신이나 부하들의 상태는 리밋(Limit)이 1시간 정도이긴 하지만, 초인이 되었다.

지금부터는 이 세상에 두려울 것이 없는 무적이 되었으니 별로 걱정할 필요가 없다.

지금 자신들을 처리하기 위해 이곳까지 찾아온 청소부를 보며 오웬이나 그의 부하들은 방심을 한 것은 아니나, 그렇다고 긴장을 하고 있는 것도 아니다.

"난, 마이클 베런이라 한다."

"당신이 마이클 베런이라고?"

오웬은 자신들을 찾아온 청소부의 정체가 마이클 베런이라고 하자 좀 놀랐다.

CIA 특작대에 있으며 조직에 관해 많은 것을 들었는데, 그중에 베런의 이름도 있었다.

CIA에 특작대가 만들어지기 전까지 최고의 현장요원 중 한 명이란 이야기를 들었다.

만약 베런이 나이만 젊었어도 최초의 특작대 대장이 되었을 것이라 들었다.

하지만 아무리 뛰어난 요원도 세월을 어떻게 대항할 수는 없었다.

그렇다고 오웬이 베런의 이름을 듣고 겁을 먹은 것은 아니다.

그때와 자신들이 양성된 시기에는 많은 차이가 있었다.

순순 개인의 능력이 뛰어야만 했던 베런의 세대와, 특수약물을 이용해 강화된 신체를 가지고 양성되는 특작대와는 그 개인적인 체력이나 기술 등이 차이가 났다.

오웬이 생각하기에 그 갭을 메울 만한 것은 그 어디에도 없을 것이라 판단했다.

물론 군에서 자신들과 비슷한 뭔가를 준비하고 있다는 것은 들었지만 그래도 자신들이 최고다.

이런 생각을 하는 오웬에게 베런의 이름은 잠깐의 놀라움은 있지만 그뿐.

"풋! 당신이 침묵의 해결사라 불리는 마이클 베런이라고? 당신이 우릴 찾아온 것에 좀 놀라긴 했지만, 그게 어쨌다는 것이지?"

베런의 오웬이 하는 말에 미간을 찌푸렸다.

그동안 살아오면서 자신 앞에서 이렇게 당당하게 말하는 자를 본 기억이 없었기 때문이다.

백이면 백 처음에는 당당한 모습을 보이다가도 자신의 이름을 듣고 모두 겁에 질려 벌벌 떨며 생명을 구걸했다.

그런데 지금 이자는 물론이고, 그의 부하로 보이는 자들도 자신을 그리 두려워하지 않는 모습을 보이자 베런은 조금 당황했다.

"호! 내 이름을 들어 봤으면서도 당당하다니, 그만큼 자신의 실력에 자신이 있다는 말인가?"

"큭, 당신의 명성이나 실력은 인정해! 하지만 그렇다고 당

신이 그동안 상대했던 이들과 우릴 같은 선상에 놓고 판단을
한다면 오산이란 것을 알아야 할 거야!"

방탄유리를 사이에 두고 베런과 오웬은 입씨름을 하였다.

"뭐, 그건 두고 봐야지. 후배와 더 이야기를 나누고 싶지
만, 나도 시간이 많지 않으니 이만 이야기는 그만 끝내야겠
군!"

말을 마친 베런은 입구에서 떨어져 자신이 들어왔던 문 옆
에 있는 컨트롤 박스를 조작해 오웬 들이 갇혀 있던 감옥의
문을 열었다.

강화유리 때문에 그들을 처리할 수 없으니, 일단 강화유리
로 만들어진 출입문의 잠금장치를 해제한 것이다.

한편 베런이 자신들을 가둔 감옥의 문을 열자 오웬이나 그
의 부하들은 문을 부수는 수고를 덜 수 있었다.

'이거 뜻밖에 수고를 덜었군!'

위잉.

덜컹!

기계 작동 음과 잠금장치가 해제되는 소리가 들리며 출입
을 막던 입구가 열렸다.

자신들이 빠져나갈 수 없게 막고 있던 강화유리문이 열렸
지만, 함부로 밖으로 나갈 수는 없었다.

그도 그럴 것이 밖에는 자신들을 죽이려는 청소부가 총을
들고 자신들 가까이 다가오고 있었다.

오웬은 부하들만 들을 수 있게 작은 목소리로 명령을 했다.

"기회가 왔다. 내가 신호를 보내면 일제히 밖으로 뛰어나간다."

"알겠습니다."

작전은 간단했다.

오웬이 신호를 하면 열린 문을 통해 복도로 나가 복도에 있는 베런을 처리하고 이곳을 빠져나가는 것이다.

뚜벅! 뚜벅!

베런은 자신이 처리해야 할 대상이 현역 CIA 요원이고, 또 그중에서도 특수임무만을 전담하는 특작대란 이야기를 들었다.

위험 등급 최상급이란 경고를 들었다.

하지만 베런은 무기도 없는 이들을 상대하는 데 그리 경계를 하지 않았다.

그리고 그것이 베런이 지금까지 일을 하면서 했던 실수 중 가장 치명적인 실수가 되었다.

"GO!"

오웬이 신호가 떨어지자 부커와 트럼블이 복도를 향해 뛰어나갔고, 그 뒤를 따라 데런과 마이클 그리고 데이빗 등이 나갔다.

한편 베런은 그들이 뛰어나올 것을 예상하고 이미 준비를 하고 있었다.

하지만 아무리 예상을 하고 있었다지만, 한 가지 예상하지 못한 것이 있었다.

그게 무엇이냐면 바로 그들의 움직임은 베런의 예상을 벗어났다.

벗어나도 한참을 벗어난 그들의 움직임 때문에 베런은 당황하여 반응이 조금 늦고 말았다.

탕탕탕!

조금 늦은 반응에도, 베런의 반응은 신속했다.

입구에서 뛰어나오는 그림자를 향해 총을 발사한 베런은 백스텝을 밟으며 자신에게 접근하는 그림자에 계속해서 총을 발사했다.

"윽!"

"으윽!"

특작대의 대원들이 아무리 약물로 강화된 강화인간이라 하지만 총알보다 빠를 수는 없었고, 또 총알을 막아 줄 수는 없었다.

먼저 나간 부커와 트럼블은 베런이 이들의 빠른 동작에 목표를 놓치는 바람에 정확한 사격을 하지 못해 급히 총을 쏘는 바람에 치명상을 벗어날 수 있었다.

하지만 뒤에 나오던 데런과 마이클은 원래도 부커나 트럼블보다 신체 능력이 조금 쳐져 팀에서 지원을 담당하다 보니 반응도 조금 늦었다.

그 때문에 베런이 발사한 총에 그만 치명상을 당하고 말았다.

이들이 치명상을 당한 것에는 좁은 곳을 통해 빠져나가는 과정에서 앞서 나간 부커와 트럼블에 의해 베런이 총을 발사하는 것을 미처 확인하지 못한 것이 컸다.

아무튼 뒤따라 나가던 두 사람이 치명상을 입고 쓰러졌지만, 특작대의 다른 요원들은 두 사람의 희생을 뒤로하고 모두 복도로 나갈 수 있었다.

그리고 부상을 입긴 했으나 먼저 복도로 나온 부커와 트럼블은 총알을 피하며 베런에게 접근을 할 수 있었다.

퍽! 쾅! 털썩!

먼저 베런의 곁으로 접근한 트럼블의 주먹이 베런의 복부에 꽂혔다.

보통 사람의 3배에 해당하는 신체 능력에 그것을 배로 늘려 주는 약물까지 복용한 상태의 트럼블의 주먹은, 훈련을 통해 신체 능력이 향상되었다고는 하나, 보통 인간인 베런의 몸이 감당할 수는 없었다.

단 한 방에 베런의 몸은 반대편 벽까지 날아가 벽에 부딪치고 바닥에 떨어졌다.

이미 트럼블의 주먹을 맞을 때, 장 파열이 일어났고, 벽에 부딪치면서 그 충격으로 온몸의 뼈가 으스러졌다.

그 때문에 베런은 트럼블의 주먹 한 방을 허용하고, 그 자리에서 절명하고 말았다.

만약 베런이 방심을 하지 않고 하워드 국장의 경고를 다시한 번 되새겼다면 이런 허무한 죽음을 맞을 일은 없었을 것이다.

하지만 이미 방심의 결과로 그의 운명은 결정이 되고 말았다.

한편 감옥을 빠져나오는 과정에서 데런과 마이클은 치명상을 입는 바람에 더 이상 함께할 수가 없었다.

더군다나 그들만 부상을 입은 것이 아니다.

자신들을 죽이기 위해 왔던 청소부를 죽이긴 했지만 부커와 트럼블 또한 부상을 입었다.

그리고 뒤따르던 다른 대원들도 팔과 다리에 부상을 입어 빨리 치료를 하지 않으면 운신에 지장을 줄 수도 있었다.

지금이야 약물에 취해 통증을 느끼고 있지 않지만, 약기운이 떨어질 1시간 뒤에는 쇼크가 찾아 올 수도 있었다.

"데이빗! 부상 체크해!"

오웬의 명령에 자신의 주변에 있던 동료들의 상태를 확인하던 데이빗은 오웬에게 대원들의 상태를 보고했다.

"마이클과 데런은 가망이 없습니다. 부커와 트럼블은 팔과 옆구리에 관통상을 입었고, 에릭과 잭은 가벼운 찰과상을 입었습니다."

부하들의 상태를 보고받은 오웬은 인상을 구겼다.

지금 상태에서 가장 중요한 두 명이 치명상을 입어 가망이 없다는 보고를 받자 절로 인상이 구겨질 수밖에 없었다.

"젠장!"

오웬을 화를 내며 바닥에 쓰러진 데런과 마이클의 곁으로 다가갔다.

그리고 가슴에 총을 맞아 헐떡거리고 있는 데런에게 다가가 물었다.

"정신 차려! 데런! 데런!"

찰싹! 찰싹!

기식이 엄엄해 정신을 차리지 못하고 있는 데런의 뺨을 때리며 그의 정신을 일깨운 오웬은 그가 어느 정도 정신이 돌아오자 질문을 했다.

"내가 준비하라고 했던 것은 가져다 두었겠지?"

"으, 네! D—18구역 안가에 가져다 두었습니다. 헉헉, 그리고 샌프란시스코에 있는 금고에 여권과 코스타리카에서 챙겨 둔 비자금을 준비해 뒀습니다."

"잘했다. 다른 것은?"

"헉헉! 으음, 우웩! 퇵! 나머진 알래스카L18 I00지점에 숨겨…… 뒀습니다."

말을 하던 데런은 마지막 말을 남기고 숨을 거뒀다.

그런 데런의 모습에 자리에서 일어난 오웬은 데런의 옆에서 아직 숨을 몰아쉬고 있는 마이클을 보았다.

그도 곧 죽을 것처럼 숨을 몰아쉬고 있었다.

그런 마이클의 모습을 지켜보던 오웬은 이를 한 번 깨물고 바닥에 떨어진 권총을 주워 마이클의 머리에 겨눴다.

"마이클 남길 말은 없나?"

"으, 대장님! 미셜에게 사랑한다고 전해 주십시오."

"알았다. 그동안 고생 많았다. 편히 쉬어라!"

"예……."

탕!

오웬은 마이클이 고통스러워하는 것을 끝내기 위해 마지막 유언을 듣고 그의 고통을 끝내 주었다.

"국장! 이번 일은 내 잊지 않을 것이다. 그 대가를 언젠가는 치르게 해 줄 것이다. 언젠가는……."

죽은 데런과 마이클의 얼굴을 한 번 더 확인하던 오웬은 자신들을 죽음으로 이끈 하워드 국장에게 복수를 다짐하였다.

"이제부터 신속하게 이곳을 벗어나 D—18구역으로 향한다."

데런이 죽기 전 언급했던 D—18구역을 목표로 탈출을 명했다.

이들의 목적지는 D—18구역으로 그곳은 오웬팀이 사용하는 비밀 안가 중 한 곳이었다.

그곳은 사람이 살기에 부적합한 곳으로 1년에도 많은 사람들이 실종되거나 죽은 시체로 발견되는 곳에 위치하고 있었다.

그리고 D—18구역은 지금 이들이 있는 곳과는 정반대에 위치한 곳에 있었다.

사실 이들은 오렌지카운티에서 작전을 끝내고 세상이 조용해질 때까지 D—18구역에서 시간을 보내기로 계획했었다.

비록 그곳이 인적이 드물고 또 사람이 살기 부적합한 곳이라고 하지만 안가에는 이들이 충분히 1년을 살 수 있는 설비가 이미 갖춰져 있었다.

그런데 계획과 다르게 붙잡혀 FBI본부에 끌려오게 되었다.

그러니 이들이 미리 준비된 D—18구역에 있는 안가까지 가려면 앞으로도 험난한 여정이 남아 있었다.

특히나 1시간 뒷면 찾아올 후유증은 그곳까지 가기 전 최고의 고비였다.

물론 그 뒤로도 이들의 탈출을 발견한 FBI나 미국 정부의 추적이 뒤따르겠지만 말이다.

—캘리포니아 오렌지카운티 세인트 조나단 예술학교에서

발생한 테러의 범인들이 어젯밤 10시 50분경에 탈출을 했다고 합니다. 그들은……. FBI는 이들이 탈출하는 과정에서 신원미상의 백인 남성이 살해하고 달아났다 발표하였고, 현재 FBI는 그들이 탈출 과정에서 심각한 부상을 입은 것으로 확인하고, 이들의 목에 각각 현상금 100만 달러를 걸었습니다.

성환은 아침에 일어나 샤워를 끝내고 TV를 켰다.

그런데 TV에서 자신이 잡아 FBI에 넘겼던 자들이 탈출했다는 소식이 나오고 있었다.

성환과 그 일행들은 어젯밤 백악관에서 더글라스 대통령 가족들과 저녁을 먹고 늦은 시각이라 이들이 마련해 준 호텔에서 하루 투숙하기로 하였다.

물론 저녁 늦은 시각이라고 해도 한국으로 가려면 충분히 갈 수도 있었다.

하지만 성환 일행에 관한 내용이 방송을 탄 상태라 괜히 급히 움직이다간 소란만 더 크게 일 것 같아 느긋하게 일정을 잡게 되었다.

뭐 성환이 한국에 급히 들어가 처리해야 할 일이 있는 것도 아니기에 예상보다 일정이 늘어나긴 했지만, 조카인 수진과 함께 시간을 보내는 것도 나은 것이라 생각해 호의를 받아들였다.

그런데 아침에 일어나 이런 뉴스를 확인하자 미국에서 느긋하게 시간을 보내고 돌아간다는 생각을 접을 수밖에 없었다.

"사장님!"

성환을 찾아온 고재환은 그가 TV를 보고 있는 확인하자 조심스럽게 그의 곁으로 다가와 물었다.

"어떻게 하시겠습니까? 수진 양도 있는데, 이곳에 남아 있는 것은 별로 바람직하지 않다 생각됩니다."

재환은 성환이 이 세상에서 어떤 일을 가장 중요하게 생각하고 있는지 잘 알고 있기에 성환의 의사를 물었다.

이 세상 그 무엇보다도 조카인 수진의 안전에 신경을 쓰는 성한의 심정을 잘 알고 있는 재환은 아침 일찍 TV보다 테러범들이 탈출했다는 소식을 접하자마자 성환에게 달려온 것이다.

성환도 뉴스를 보던 중 재환의 말을 듣고 생각을 해 보았다.

'음, 그들이 탈출한 것이 그리 위험한 건 아니지만, 굳이 여지를 만들어 줄 필요는 없지.'

확실히 재환의 말대로 그들이 탈출을 했건 아니든 자신은 상관이 없었다.

다시 자신에게 덤빈다면 이번에는 확실하게 처리해 줄 용의도 있었다.

할 일이 많은 자신이기에 귀찮은 것은 질색이었다.

하지만 수진에 관한 일은 그 모든 일에 우선이었기에 일반인인 수진에게 괜히 위험한 일을 더 이상 겪게 하고 싶은 생각이 없었다.

"가장 빠른 비행기 편을 알아보도록!"

"예, 알겠습니다."

성환의 지시가 떨어지자 재환은 바로 밖으로 나가 한국으로 들어가는 항공권을 알아보기 위해 나섰다.

재환이 그렇게 나가고 성환은 TV화면을 보면 뭔가 생각에 잠겼다.

◈　　◈　　◈

아침 일찍부터 백악관은 비상이 걸렸다.

FBI 본부 특수감옥에 갇혔던 전직 CIA 특작대가 탈출을 했다는 보고를 받았기 때문이다.

탈출 과정에서 3명의 사상자가 발생을 하였는데, 2명은 테러를 저질렀던 전직 CIA 특작대원으로 알려졌고, 다른 1명의 신원은 아직까지 밝혀지지 않았다.

그 때문에 FBI는 물론이고 CIA, 그리고 DHS—국토안보부—까지 비상이 걸렸다.

FBI는 자신들 본부에서 테러범들이 탈주를 했기 때문에 그런 것이고, CIA는 요원들이 테러를 저지른 것에 대한 책임 때문에 전전긍긍하던 차, 그들이 사상자를 내고 탈출을 했기 때문이다.

더욱이 그들은 일반 요원이 아닌, 특수 약물을 이용해 양성한 특수요원들이었다.

그냥도 위험한 판국에 그들이 앙심을 품고 탈출을 감행했으니 앞으로 그들이 어떻게 행동할지 그것을 알지 못하기에 비상이 걸렸다.

지금보다 더 큰 사고를 칠 것이 두려웠다.

특히 특작대들의 특징은 그들이 중앙의 통제를 받지 않고 팀 단위로 팀장의 지시를 받는다는 것이었다.

그들과 연락을 하는 것은 CIA 국장뿐인데, 이미 하워드 국장과 문제의 특작대 대장인 오웬과는 이미 건너서는 안 될 강을 건넌 사이가 되어 버렸다.

이 때문에 하워드 국장은 그들을 처리하기 위해 또 다른 특작팀을 비밀리에 풀어 그들을 처리하게 하는 반면, 국내에 있는 모든 CIA 요원들을 동원해 오웬과 그의 부하들의 행방을 쫓고 있었다.

또 국토안보부는 2001년 9월에 일어난 9.11테러 이후 미국 본토의 안보를 위해 설립된 기구로 기존에 있던 NSA를 흡수하고 CIA와 FBI가 가지고 있는 정보의 열람을 할 수 있는 권한까지 가지게 되었다.

뿐만 아니라 그들은 필요하다면 두 정보기관의 요원을 지휘 감독할 수 있는 권한가지 가지고 있는 현존하는 미국 내 최고 정보조직이었다.

그런 그들도 오웬과 그의 부하들이 FBI 특수감옥에서 탈출을 한 것에 우려의 눈초리로 그들의 행방을 쫓았다.

하지만 그 어디에도 오웬과 부하들의 흔적을 찾을 수가 없었다.

이 때문에 국방부 산하 특수부대인 S.W가 호출이 되었다.

그들은 더글라스 대통령의 제가로, 정보가 들어오면 언제 어느 때던 출동 가능하게 대기를 하라는 명령을 받았다.

◆　　◆　　◆

SOCOM의 사령관인 제임스 듀한 원수는 새벽에 날아온 전문으로 무척이나 혼란스러웠다.

'젠장! 어떻게 관리를 했기에 그런 위험한 자들을 그렇게 허술하게 관리를 하는 거야!'

캘리포니아 오렌지카운티에서 벌어진 테러 때문에 백악관까지 날아가 회의를 하고 다행히 범인들이 모두 잡혀 늦은 시간에 군용비행기를 타고 본부가 있는 플로리다가지 날아왔는데, 또 다시 백악관까지 날아가야 할 판이었기에 스트레스가 이만저만이 아니었다.

그리고 그건 비단 제임스 듄한 원수만 그런 것이 아니라 그와 함께 백악관까지 동행을 했던 에릭슨 대령 또한 피곤하긴 마찬가지였다.

아니, 어쩌면 제임스 원수보다 더 피곤할지도 몰랐다.

에릭슨 대령이 더 피곤한 이유는 이제부터 그는 그의 팀원들과 함께 비상 대기를 해야만 했기 때문이다.

탈출한 전직 CIA 특작대를 상대하기 위해 언제든 출동할 수 있게 완전 무장을 한 채 대기를 해야 한다.

"대령!"

"네, 장군님!"

"그들을 상대할 수 있겠나?"

"S.W는 최고입니다."

에릭슨 대령은 상관인 제임스 원수의 질문에 자신 있게 대답을 했다.

"최고라……! 그럼 그들을 상대하면 어떨 것 같나?"

"그들이라니, 누굴 말씀하시는 것입니까?"

제임스 원수는 잠시 에릭슨 대령을 쳐다보다 말을 했다.

"자네들을 가르쳤다는 그자들과, 자네 부대원들이 만약 대결을 한다고 하면 결과가 어떻게 될 것 같으냐는 말이네!"

갑작스런 제임스 원수의 말에 에릭슨 대령은 한순간 말을 할 수가 없었다.

무엇 때문에 그들을 언급하는 것인지 판단을 내릴 수가 없었기 때문이다.

하지만 상관의 질문에 대답을 하지 않을 수는 없었기에 에릭슨 대령은 잠시 머뭇거리다 대답을 했다.

"음, 일단 상부의 명령이라면 그대로 따를 것입니다. 하지만 제 의견을 물어보시는 것이라면 제 개인적인 생각이지만 교관들까지는 어느 정도 대응이 가능할지도 모릅니다. 하나 그가 합류를 한다면 저희는 전멸입니다."

"음, 그렇단 말이지……. 그럼 자네들과 CIA 특작대란 자들과 비교하면 어떨 것 같은가?"

제임스 원수는 이번에는 어제 백악관에서 알게 된 CIA 특작대에 관해 언급을 했다.

군에서 만든 특수부대 중의 특수부대인 S.W와 CIA가 엄청난 비용을 쏟아부어 만들어 낸 특작대를 비교하며 물었다.

사실 CIA가 만들어 낸 특수부대인 그들에 관한 연구는 오래전 군과 함께 연구를 했었다.

아니, 그 당시만 해도 군에서 더욱 적극적으로 연구에 몰입을 했었다.

하지만 연구가 진행이 될수록 그 피해만 양산되었다.

우수한 인재들이 실험으로 폐인이 되거나 미치광이가 되었다.

물론 성과가 아주 없었던 것은 아니었다.

하지만 성과물에 비해 그 부작용이 너무 엄청났던 것이다.

그 때문에 군에서는 더 이상 연구를 진행하지 않고 중단을 했다.

그리고 다른 방면으로 연구를 실시했다.

사실 아머슈트에 관해선 CIA보단 군에서 더 관심을 가지고 연구에 들어갔다.

그렇지만 이도 연구를 끝까지 진행하지 못하고 중단이 되었는데, 그 모든 것이 예산 때문이었다.

필요한 예산은 늘어나는데, 각종 압력으로 국방 예산은 점점 줄어들었다.

이러던 때에 동맹국에서 실시하고 있는 비밀프로젝트에 관한 정보가 들어왔다.

더욱 놀라운 것은 한때 자신들도 연구를 했다가 이 또한 실적이 저조한 때문에 폐기했던 프로젝트였는데, 그들은 성공리에 진행을 하고 있었던 것이다.

이 때문에 동맹국에 압력을 넣어 그들의 프로젝트를 파토낸 것과 동시에, 교관을 영입해 자국의 특수부대원들을 수련시켰다.

비록 빠듯한 예산에 5억 달러라는 막대한 예산을 부어 성사시킨 일이지만 , 그 일은 대성공이었다.

그 때문에 제임스 원수는 이런 성과의 수해자인 에릭슨 대령에게 자신들이 실패했지만 CIA에서 성공시킨 그들과 군에서 완성시킨 그들과 비교를 하려는 생각이다.

미국에 있는 모든 특수부대를 총괄하는 SOCOM의 사령관으로서도, 군인으로서도 아닌, CIA에서 만들어 낸 강화인간들보다 자신들이 만든 특수부대—S.W—가 더 뛰어난 성과를 보이길 원하는 것이다.

"비록 그들이 약물에 의해 보통 사람들과 다른 초인적인 능력을 가졌다고 하지만, 저희와 비교하는 것은 어불성설입니다."

"어떤 근거로 그런 생각을 한 것이지?"

"예, 제가 그런 판단을 한 근거는……."

에릭슨 대령은 자신이 CIA 특작대에 관한 징보를 보았지만 그들이 결코 자신과 자신의 부하들을 이길 수 없는 이유에 관해 설명을 했다.

"전투는 신체 능력이나 장비만 우수하다고 이기는 것이 아닙니다. 전투에 임해서 승리의 조건은 뛰어난 신체 능력과 우수한 장비도 중요하지만, 결국 냉철하고 강인한 정신력이 적절히 조화를 이루었을 때 따라오는 것입니다."

"어떻게 그렇게 자신하는 것이지?"

"그건 동맹인 한국군을 보면 알 수 있습니다."

"한국군?"

"예, 그들과 저희 미군은 객관적으로 비교를 했을 때, 비교 대상이 될 수 없습니다. 하지만 합동 훈련을 하다 보면 전혀 그렇지 않다는 것을 알 수 있습니다."

제임스 원수는 에릭슨 대령의 이야기를 듣고 있다 그가 한국군의 예를 들어 설명을 하자 자신도 모르게 고개를 끄덕일 수밖에 없었다.

"하긴……."

정말로 제임스 원수가 생각하기에 동맹인 한국군은 정말로 불가사의한 존재들이었다.

객관적으로 그들의 전력은 미국의 여러 동맹국들과 비교를 했을 때 그렇게 높은 수준이 아니다.

하지만 합동 훈련의 결과를 보면 또 그렇지도 않다.

그들의 장비 운용 능력이나 전략, 전술은 상대의 의표를 찌르며 약점을 깊게 파고든다.

이러한 점이 한국을 쉽게 보지 못하게 하는 결과를 나았다.

"어제도 잠깐 언급된 것이지만 신형 아머슈트를 착용한 그들이라고 해도 저희 S.W를 능가할 수는 없을 것입니다. 저희들이 지급받은 파워슈트도 아머슈트에 못지않은 성능을 발휘할 뿐 아니라, 저희가 배운 것과 조화를 이루어, 저희 능력을 100% 발휘할 수 있게 해 주니, 만약 그들이 아머슈트를 착용했다고 해도 좋은 상대가 될 것이라 판단합니다."

에릭슨 대령의 자신감 있는 대답에 제임스 원수는 고개를 끄덕였다.

참으로 믿음직한 대답이었다.

군에서도 아머슈트를 연구하다 그것의 한계를 깨닫고 새로운 방향으로 연구를 진행했다.

그것이 바로 파워슈트였는데, 사실 엄밀히 따지면 둘 다 이름만 다를 뿐이지 그 출발은 같은 선상에서 출발을 했다.

아머슈트가 외골격 로봇을 그대로 연구 발전시킨 형태라면, 파워슈트는 외골격이 아닌 보다 인간의 관절이 구현하는 관절각을 실현하기 위해 외골격을 포기하고 외골격 대신 방어력이 떨어지는 인공근육으로 대처를 했다.

이 때문에 장갑 보호 능력이 많이 떨어지기는 했지만, 보다 자연스러운 동작이 가능해졌다.

이것이 성환에게 무공을 배워 온 S.W 부대원들에게는 최상의 장비가 되었다.

더욱이 S.W 대원들도 CIA 특작대가 사용하는 것과 비슷한 각성제를 가지고 있었다.

성공한 제품을 상용하지 않을 이유가 없는 것이다.

물론 S.W 대원들이 상용하는 각성제는 CIA가 사용하는 것보다 약성이 덜한 것이라 후유증도 적고 빠른 회복이 가능한 제품이었다.

그리고 이들이 한국에 들어가 성환에게 무공을 배워 오면서 가장 흥미로운 점은 각성제를 장기 복용했을 때 나타나는 심각한 부작용이 사라졌다는 것이다.

심각한 부작용이 무엇인가 하면, 그것은 바로 환청, 환각으로 인한 정신질환이었다.

하지만 무공을 배움으로써 향상된 정신력은 약물 중독으로 인한 환각과 환청을 모두 극복하게 만들었다.

이러니 에릭슨 대령이 제임스 원수의 질문에 자신하는 것이다.

약물에 굴복한 자들과 부작용을 극복한 자신들을 비교하는 것은 사실 자존심에 상처를 주는 질문이었다.

그렇지만 질문을 한 사람이 직속상관이기에 참고 넘길 수 있었다.

그런 생각을 하면서 조만간 자신들과 CIA에서 만들어 낸 약물 중독자들과 어떻게 다른지 꼭 보여 주겠다는 생각을 하였다.

8.
요지경 세상

FBI본부 특수감옥에서 탈출한 오웬과 그의 부하들은 최
대한 워싱턴 D.C를 벗어나기 위해 달렸다.

  혹시나 탈출한 자신들의 행적이 밝혀질 것을 우려하는 것
도 있지만, 그보단 탈출을 하기 위해 복용한 약물의 지속 시
간이 그리 길지 않기 때문이다.

  평소 낼 수 있는 힘의 2배에서 3배 정도 늘려 주는 효과
가 있긴 하지만 그 후유증도 만만치 않았다.

  만약 이 상태에서 약기운이 떨어진다면 어쩌면 자신들의
탈출은 실패할 수도 있었다.

  그렇기에 오웬과 그의 부하들은 최대한 멀리 나아가야 했
다.

자신들이 목표로 하는 데스벨리의 안가까지 가기 위해선 이곳에서 최대한 멀리 가야만 한다.

비록 차를 절취해 달리는 것은 아니지만, 이들의 속도는 야생 짐승이 달리는 속도에 육박했다.

어두운 도시의 뒷골목이나 CCTV가 설치되지 않은 건물 지붕 위를 달리고 있어 아직까지 이들의 행적이 들키진 않았다.

하지만 이렇게 달리는 것도 약기운이 있을 때까지 만이다.

"이곳에서 잠시 쉬어 간다."

"알겠습니다."

어느 건물 옥상 그늘에 기댄 오웬과 그의 부하들은 잠시 호흡을 가다듬었다.

"데이빗! 이곳의 위치가 어디쯤이지?"

오웬은 일단 현재 자신들의 위치를 확인하기 위해 옆에 있는 데이빗에게 물었다.

"여기서 10분만 더 달리면 유니온 역입니다."

"음, 우린 덜레스 공항을 통해 LA로 간다."

"비행기를 타고 간다는 말씀이십니까?"

"그래."

데이빗은 오웬이 공항을 통해 비행기를 타고 워싱턴을 빠져나간다는 말에 깜짝 놀랐다.

그건 공항의 경비 시스템 때문에 걱정이 된 때문이다.

2001년 9.11테러 이후 미국의 각 공항의 경비 시스템은 무척이나 타이트하게 바뀌었다.

만약 자신들이 탈출한 것이 발각되었다면 벌써 수배가 떨어졌을 것이다.

물론 그런 경우라면 철도역에도 수배령이 떨어지겠지만 공항보단 덜하다.

그런데 굳이 공항으로 향한다고 하니 그 의도를 알 수가 없었다.

"어렵지 않겠습니까?"

"아직까진 우리가 빠져나간 것을 알지 못할 것이다. 그러니 될 수 있으면 최대한 안가와 가까운 곳까지 가야 한다."

"알겠습니다."

확실히 오웬의 말이 맞기도 했다.

아직 자신들이 감옥을 탈출한 것은 알지 못할 것이다.

그리고 알게 되더라도 그 시간이면 자신들은 동부를 빠져나가 서부에 도착해 있을 것이니, 비행기에 오를 때까지만 조심을 하면 된다.

"에릭은 워싱턴에 있는 아지트에 가서 돈과 여권을 챙겨와, 그것들은 주차장 공구함을 드러내 마루를 들면 밑에 상자가 있을 것이다."

"알겠습니다. 그럼 전 바로 출발해 그것들을 챙겨 덜레스 공항으로 가겠습니다."

"그래, 그럼 공항 주차장에서 만나는 것으로 하고 출발한다."

"알겠습니다. 조금 뒤에 뵙겠습니다."

에릭이 오웬의 명령을 받아 도피 자금과 새로운 신분증을 가지러 간 사이 오웬은 데이빗에게 다른 명령을 했다.

"데이빗, 너는 오스틴에게 가서 약을 받아 와!"

"대장님, 그가 순순히 약을 제게 줄까요?"

"아마 순순히 넘기진 않을 것이다. 하지만 이걸 준다면 아마 넘겨줄 것이다."

오웬은 데이빗에게 무언가 주었는데, 자세히 보니 어딘가의 대여 금고 비밀번호였다.

"월터퍼시픽 은행의 대여 금고 번호라고 전해 주고, 그가 주는 물건을 받아 오면 된다."

메모지의 정체를 들은 데이빗은 무엇 때문에 오스틴이란 사람을 만나라는 것인지 깨달았다.

사실 CIA 특작대는 마약에 가까운 약물에 중독되어 있는 상태.

이들이 보통 사람들 이상의 신체 능력을 보이는 것도 다 이런 약물로 근육과 신경 그리고 뼈를 강화시켰기 때문이다.

이렇게 놀라운 능력을 보이지만 CIA에서 상용화하지 않은 것은 그 부작용도 무척이나 심각하기 때문이다.

일반적으로 CIA 요원이 되기 위해선 엄선된 훈련 과정을 통과해야만 한다.

특히나 현장요원 같은 경우 그 훈련 강도는 특수부대에 못지않다.

아니, 어쩌면 더욱 고된 훈련을 하는지도 몰랐다.

왜냐하면 특수부대는 팀 단위로 움직이고 군에서 온갖 지원을 해 주지만, CIA 요원들은 그럴 수 없었다.

물론 특작대는 그런 일반 요원들 중에서 특수 목적을 위해 엄선해 군의 특수부대처럼 만들어 CIA가 필요로 하는 특수작전에 투입하기 위해 만든 특수집단.

그러다 보니 일반 요원과는 다른 상황이기는 하지만, 어찌 되었든 이들은 특수한 약물로 양성되어 주기적으로 약물을 주입해야만 했다.

그런데 현재 이들은 CIA에도 버림을 받고, 또 탈출을 하기 위해 각성제를 맞은 상태라 언제 부작용이 올지 몰랐다.

몇 시간 정도는 정신력으로 참을 수 있지만, 그 한계를 넘으면 부작용이 시작된다.

그때가 되면 가장 먼저 신체 기능이 다운된다.

그리고 근육 경련과 환각, 환청이 들리고, 마지막에는 정신이 그것들에 의해 먹히는 지경에 이른다.

만약 그런 지경에 이르면 그때부터는 이들은 인간이 아닌 괴물이 된다.

괴물이 되면 가장 먼저 자신의 주변을 파괴하기 시작하는데, 그것은 순전히 자기 보호본능에서 벌어지는 일이다.

주변에 있는 생명체에게 극도의 위협을 느끼고 공격을 하는 것이다.

그 대상이 평소 자신과 친한 사람이든 아니면 아무런 저항 능력이 없는 간난 아기라도 위협을 느끼고 공격을 하게 된다.

오웬은 그것을 막기 위해 오스틴이란 마약상에게 마약을 구입해 오라는 지시를 내린 것이다.

CIA 요원인 오웬이 마약상인 오스틴을 알고 있는 것은 사실 공공연한 비밀이지만, CIA가 불법 비자금을 만들기 위해 중남미에서 수거한 마약을 비밀리에 처분을 한다.

그리고 오웬도 그런 일에 관여를 했던 적이 있었는데, 그때 오스틴을 알게 되었다.

오스틴이 가지고 있는 마약이 자신들에게 필요한 그 약물은 아니지만, 임시방편으로 사용할 수는 있었다.

어차피 자신들이 주기적으로 맞는 약물도 마약류에 속하는 물질이었으니 대체할 수 있었다.

물론 완전 같은 것이 아니기 때문에 또 다른 부작용은 어쩔 수 없었다.

또 다른 부작용은 다름이 아니라 신체 능력이 떨어진다는 것이다.

신체 능력이 떨어진다고 해도 미쳐 죽는 것보다는 났기에 오웬은 현재 자신이 구할 수 있는 대체품 중 가장 좋은 물건을 가지고 있는 오스틴에게 그가 필요로 하는 물건을 넘기고. 최고급 마약을 구입하라는 것이다.

원래 계획대로라면 목표를 납치해 일단 데스밸리에 있는 자신들만의 안가에서 휴식을 취하며 있었을 것이다.

주기적으로 맞는 약물도 본부에서 공급을 받거나, 아니면 안가에 비상시에 사용하기 위해 비치해 둔 것을 사용했을 터.

하지만 현재 이들의 상태는 비상 상황.

CIA에도 배신당하고 이제부턴 자신들의 조국으로부터 추적을 당해야 할 판이다.

'하워드 국장! 내 이번 일은 잊지 않을 것이다.'

오웬은 데이빗에게 명령을 하면서 속으로 다시 한 번 다짐을 했다.

필요할 땐 개처럼 부리더니, 위기에 처하자 자신들을 헌신짝처럼 버린 그의 태도에 분노했다.

아니, 버린 것까지는 이해를 했다.

조직을 위해선 어쩔 수 없었으니 말이다.

하지만 자신들을 처리하기 위해 청소부를 보낸 것은 용서할 수 없었다.

그 때문에 부하 2명이 죽고, 2명은 가볍지 않은 부상을 입었다.

임시방편으로 응급처치를 하긴 했으나, 약기운이 떨어지고 나선 심각한 후유증이 예상되었다.

그것을 막기 위해선 데이빗이 빠른 시간 내에 약을 구해 와야 했다.

◈　　◈　　◈

캘리포니아 오렌지카운티에서 테러가 있던 시각, 지구 반대편에 있는 일본 도쿄의 총리관저에서 음모가 꾸며지고 있었다.

이번 오렌지카운티 테러는 규모는 작지만 2001년에 있던 9.11테러와는 또 다른 의미에서 사람들의 관심을 끌었다.

그건 바로 유명 스타들이 대거 테러범들의 타깃이 되었다는 것이다.

목적이 무언지 뚜렷하게 밝혀지진 않았지만 일단 사람들의 시선을 모은 것은 성공을 했다.

물론 테러를 일으킨 장본인들은 그런 목적이 아니었지만 어찌 되었든 사람들에게 정체를 들키지 않는 것은 성공했다.

—지금 시각 오후 3시 30분이 지나고 있는데, 아직까지 별다른 소식이 없습니다. 이곳 오렌지카운티 경찰당국은 테러가 발생했지만, 사건이 FBI에 이관이 되었기에 그들의 지시를 따르는 상태라 자세한 상황을 밝히진 않고 있습니다. 들려오는 소식통에 의하면 최초 사건 발생 후 신고자는 한국인으로, 재학 중인 학생을 경호하기 위해…… 아! 지금 새로운 소식이 들어왔습니다. 시청자 여러분, 현재 시각 3시 55분을 경계로 모든 상황이 종료되었다고 합니다. FBI발표에 의하면…… 현장에…….

틱!

이토 준이치 총리는 동맹인 미국에서 발생한 테러를 지켜보다 TV를 종료했다.

"바가야로!"

그는 TV를 보다 말고 욕을 했다.

그런 총리의 모습에 주변에 있던 장관들은 아무런 말도 하지 않고 조용히 그를 쳐다보았다.

극렬한 극우주의자인 이토 총리가 저렇듯 화를 내는 것이 조금 전 TV에서 테러를 종료시킨 사람들이 미국의 경찰 특공대나 사건을 담당하던 FBI가 아닌, 한국에서 온 경호원들이라는 사실 때문이었다.

그들이 테러범들과 싸워 그들을 제압했다는 말에 화를 내는 것이다.

한참을 혼자 욕을 하던 이토 총리는 자신의 정신을 차리고 주변을 둘러보았다.

비록 자신이 여러 장관들 앞에서 실수를 했지만, 그렇게 신경을 쓰지는 않았다.

어차피 자신이 구성한 내각의 일원인 이들도 자신과 비슷한 성향을 가지고 있는 동료들이기 때문이다.

그뿐 아니라 이들은 조만간 대 일본제국의 부활을 꿈꾸는 자신의 지지자이기도 했다.

사실 일본은 현재 크나큰 위기에 처해 있다.

2차 대전의 패전 이후 자신들이 전쟁에 패한 원인을 정보전의 실패로 봤다.

그 후 패망한 나라를 일으켜 세우기 위해 총리 산하 정보 조직을 만들어 전 세계의 주요 산업체에 스파이를 파견해 그들의 기술을 빼돌렸다.

그렇게 빼돌린 기술로 폐허가 된 땅에 공장을 지어 수출을 하였다.

그런 일본의 노력을 하늘이 감동했는지 일본의 식민 지배에서 벗어난 한반도에서 전쟁이 일어났다.

당시 세계를 가르던 공산 진영과 민주주의 진영 간의 이데올로기가 대립을 하면서 한반도에서 그 대리전이 벌어진 것이다.

공산주의를 내세운 북한이 민주주의 국가인 남한을 선전포고 없이 남침을 했다.

이 동족상잔의 비극은 이제 일어나기 시작하자, 일본에게는 천우신조의 기회가 왔다.

패망 직전의 남한을 지원하려는 미국이나 UN의 물류 보급 기지가 되어 전쟁 특수를 톡톡히 누린 일본은, 그때 벌어들인 달러를 가지고 60년대, 70년대를 지나, 80년대까지 고도 경재성장을 했다.

그렇게 벌어들인 달러를 이용해 자신들을 패망에 빠뜨린 미국의 주요 기업들이나 부동산들을 매입했다.

이 때문에 한때 미국에서 이런 일본의 행태를 꼬집기도 했지만, 어떻게 되든 좋았다.

하지만 화무십일홍(花無十日紅)이라 했던가.

일본의 성장은 1990년대에 들어오면서 정반대의 상황이 벌어졌다.

고도로 성장하던 경재가 주춤하기 시작하더니 곤두박질치기 시작했다.

성장이 멈추면 성장에 취해 흥청망청 부를 소비하던 이들은 직격탄을 맞아 버렸다.

거품이 잔뜩 들어갔던 부동산이 먼저 무너지기 시작했다.

그와 더불어 부동산을 담보로 은행에 대출을 받았던 기업들이 대출금을 상환하지 못하고 도산을 하였다.

은행도 마찬가지다.

대출을 받았던 기업이 도산하면서 그 금액을 제대로 변제받지 못한 은행도 부실이 늘어나기 시작하면서 부도가 나기 시작했다.

한때는 세계에서 가장 자금력이 탄탄하다고 자랑하던 일본의 은행들이 부실경영으로 문을 닫기 시작했다.

그렇게 일본의 경재가 모래성처럼 무너질 때, 이번에는 그 옆에 위치한 대한민국이 그 혜택을 받았다.

경제 구조가 비슷한 한국은 무너지는 일본을 대신해 세계에 물품을 공급했다.

이런 한국의 발전을 지켜보는 일부 일본인들은 자신들의 위기를 자신들의 잘못에서 그 원인을 찾기보단 발전하는 한국에서 찾기 시작했다.

참으로 어처구니없는 발상이지만, 일본인들은 그렇게라도 믿고 싶었고, 그렇게 자신들의 정신을 세뇌했다.

그리고 일본의 정치인들은 그런 일본 국민들의 생각을 읽고 그렇게 믿도록 흑색선전을 했다.

그러면서 일본이 살기 위해선 조선을 죽여야 한다고 떠들기 시작했다.

아직도 일본의 일부 몰지각한 사람들은 한국인을 조센징이라 부르며 비하하며 응징의 대상으로 시위를 했다.

그런데 웃기게도 일본의 정치인들은 당연히 그런 자들을 양국의 선린외교를 위해서 시정조치를 해야 함에도, 입으로는 양국 우호관계를 떠들면서, 또 한편으로는 한국을 비방하는 시위에 동조를 하는 이중적인 태도를 보이고 있다.

이런 기조는 2000년대에 들어오면서 더욱 심화되었다.

작은 규모로 자신들만의 리그를 치르던 우익의 기조는 2000년대에 들어서면서 힘이 날로 커지기 시작해 결국 일본 전역에 퍼졌다.

일본 국민들의 정치 무관심과, 일본의 패배의식을 이용하려는 정치인들의 합작품으로 이런 어처구니없는 상황에 이르렀다.

아니, 우익 정치인들의 치밀한 공작이 십 수 년에 들어오면서 빛을 보기 시작한 것이다.

일본의 우익은 그 역사를 찾아보면 참으로 오래되었다.

2차 대전의 패배에서부터 시작이 된 것이다.

제국주의 시절 누렸던 권리를 잊지 못해 그 후손들이 대를 이어 차근차근 준비한 것이 꽃을 피웠다.

하지만 아무리 대세를 이룬 우익이라도 수십 년째 계속되는 불황을 어떻게 할 수는 없었다.

그래서 분노하는 국민들의 시선을 한 곳으로 돌리게 만든 것이 한국이다.

분노의 대상이 자신들이 되기 전 다른 타깃을 마치 자신들의 적이고, 자신들이 이렇게 어렵게 된 원인을 제공한 범인으로 지목한 것이다.

물론 그런 작업은 성공을 거두는 듯했다.

그런데 천려일실(千慮一失)이라 했던가, 아니면 천벌을 받은 것인가.

알 수는 없지만, 십 수 년이나 계속되던 불황에서 막 회복이 되려던 찰라 2011년 3월 일본의 동북부 지역을 강타한 진도 9.0의 강진으로 인해 발생한 쓰나미로 인해 엄청난 시련을 맞이하게 되었다.

쓰나미로 인해 후쿠시마에 있던 원자력 발전소의 원자로가 폭발을 한 것이다.

정확한 상황 파악과 신속한 대처를 했더라면 피해를 줄일 수 있었겠지만, 담당자들의 늦장 대처와 책임 떠넘기기로 인해 사고는 일파만파 번지게 되었다.

폭발한 원자로에서 방사능이 번지고, 고장이 난 원자로에선 오염된 냉각수가 정화 과정 없이 바로 바다로 방출이 되어 해양을 오염시켰다.

뿐만 아니라 일본 정부는 발표하진 않았지만, 당시 폭발사고가 난 후쿠시마 지역 방경 100km지역이 심각한 방사능으로 오염이 되었다.

이를 곧이곧대로 발표를 했다가는 국가전복의 위기에 처할 수 있었기에 이를 축소 보도를 하면서 국민의 관심을 다른 곳으로 이관을 시켜야만 했다.

그래서 일본 정부는 한국과 마찰을 빚어 가며 한국령인 독도를 한국이 불법 점검하고 있다고 주장하는 성명을 발표를 하였고, 급속도로 성장하고 있는 중국에도 선전포고를 하듯 중국과 영토 분쟁을 하고 있는 센카쿠—조어도—열도에 관해 성명을 발표하며 동북아시아를 새로운 화약고로 만들어 버렸다.

그런 일본 정부의 의도는 성공을 거두었다.

한국은 물론이고, 중국이 심각한 반응을 보이며 일촉즉발의 대처상황으로 만들어 가기 시작했다.

센카쿠 열도 성명으로 인해 동맹 관계였던 대만과도 첨예한 대립을 보이게 되었지만 일본정부는 그런 것에 눈 하나 깜빡이지 않았다.

사실 그렇게 하지 않았다가는 자신들이 일본 국민에 의해 죽게 생겼으니 그들도 죽지 않기 위해선 어쩔 수 없었다.

하지만 모든 것이 의도대로 진행이 된 것만은 아니었다.

정부 발표와는 다르게 후쿠시마의 원자력 발전소 폭발은 무척이나 심각해 벌써 10년이 넘어가는 시간이 흘렀지만, 아직도 방사능 오염은 심각했고, 날로 오염 지역의 범위가 늘어나고 있었다.

뿐만 아니라 그동안 몰래 버렸던 오염된 냉각수로 인해 일본의 연근해 어업은 서남부를 빼고는 스톱이 되었다.

방사능 오염으로 인해 기형물고기들이 발견이 되었기 때문에 잡아 봐야 상품 가치가 없었다.

아마도 식용이 가능한 정도가 되려면 100년 이상은 더 흘러야 할 정도로 오염이 심각했다.

또 일본 정부를 심각하게 위협하는 것은 그런 것만이 아니었다.

더욱 심각한 것은 발표는 하지 않았지만 일본 동부 지역에서 기형적인 모습의 동물 새끼는 물론이고, 태아까지도 기형아가 태어나기 시작했다는 것이다.

만약 이러한 사실이 언론에 보도가 된다면 일본은 심각한 타격을 받게 될 것은 불을 보듯 빤했다.

이제는 그저 국민들의 시선을 돌리기 위한 흑색선전으로써의 전쟁 불사 발언이 아닌, 정말로 살기 위해서 주변국과 전쟁을 통해 새로운 땅을 얻어야 할 처지에 놓이게 되었다.

아직까지 서부 지역까지 번지진 않았지만, 언제 서부 지역까지 방사능에 오염이 될지 모르기 때문이다.

그리고 방사능도 방사능이지만, 2010년대에 들어와 빈번하게 일어나는 지진과 쓰나미로 인해 국민들의 불안감이 최고조에 이른 지금 어떻게든 수를 내야만 했다.

이런 열망이 우익 정권에 힘을 실어 주고 있는 것이 현재 일본이다.

이토 총리는 그런 상황에서 일본이 살기 위해 싸워야 할 대상으로 가장 적합한 타깃으로 한국을 꼽았다.

비록 반세기 넘게 전쟁 준비를 한 나라이긴 하지만, 한국의 군은 육군에 편중되어 있기 때문에 일본으로썬 충분히 해볼 만했다.

자위대가 군으로 승격이 되고, 군인을 모집한 것이 몇 년 되지 않아 아직까지 군인의 수가 조금 부족하긴 했지만, 그것은 첨단무기로 커버가 가능하다.

이런 생각들이 내각 전반에 걸친 생각들이지만 전쟁이란 것이 쉽게 일어나는 것은 아니다.

전쟁을 하기 위해선 명분이 필요했다.

만약 명분도 없이 동맹인 한국을 침략했다가는 국제적으로 고립될 수가 있기 때문이다.

현대에는 그 어떤 나라도 고립이 되어선 살아날 수가 없었다.

그것이 초강대국 미국이라 해도 그들만 고립이 되어선 자멸하고 말 것이다.

회의실을 둘러보며 한참을 떠들던 이토 총리는 관방장관인 요시히데에게 물었다.

"관방장관! 전에 진행하던 일은 어떻게 되었나?"

"하이! 내각정보국의 특수요원과 닌자들까지 모두 한국에 무사히 잠입하는 데 성공을 했다고 합니다."

"그거야 당연한 것이고, 언제쯤 진행이 되는 것인가?"

이토 총리는 이미 한국과 전쟁을 하기로 작정을 하고 한국에 내각정보국의 특수요원들과 극비인 닌자들까지 한국에 파견을 보내 놓은 상태였다.

닌자들은 한국에서 일본인 관광객을 테러할 계획이다.

비록 자국인을 상대로 테러 하는 것이 나중에 알려진다면 문제가 될 소지가 있지만, 그건 대를 위해 소를 희생하는 것이라 생각했다.

날로 심각해지는 방사능 오염으로 이미 동부는 하루에도 방사능 피폭으로 죽거나 기형아를 출산하고 있었다.

언론을 통재하는 통에 사람들은 알지 못하지만, 땅은 오염되어 자라는 농산물을 먹을 수 없어 외국에서 수입을 해 와야만 했다.

이제 겨우 일어나는 경제에 큰 짐이 아닐 수 없다.

그렇기 때문에 일본은 오염되지 않은 땅이 필요했다.

이건 양보할 수 없는 문제였다.

더욱이 일본에는 시간적 여유가 없었다.

그래서 극단적인 선택을 하게 되었다.

가장 만만한 국가이며 일본이 본토를 버리고 이주했을 때,

가장 적합한 곳이 바로 한국이다.

6—70년대 남미에 땅을 사 이주 정책을 했던 것처럼 시간적 여유가 없고 또 그곳은 너무 멀고 습생도 전혀 달랐다.

그 때문에 당시 엄청난 예산을 낭비하면서 야심차게 세웠던 이주 계획은 실패했었다.

일본 국민들이 남미로 이주하는 것을 싫어했기 때문에 실패한 경험이 있는 계획은 그런 이유로 안건이 나오자마자 철회되고 말았다.

아무튼 닌자들은 한국에 들어가 관광객 테러와 각종 시설에 대한 테러를 실시할 것이다.

그렇게 한국 사회를 불안정하게 만든 다음 내각정보국 요원들과 주일대사관에서 이 일을 근거로 공작을 할 계획이다.

이때 주일대사는 자신들에게 포섭된 한국의 정치인도 함께 이용할 생각이다.

이런 계획하에 침투를 시켰으니 당연히 걸리면 안 되는 일이다.

"그게……."

원래 계획이라면 조만간 닌자들이 활동을 할 계획이었다.

이미 한국의 지리에 관해 숙지를 하고 침투를 한 상태였다.

상부의 명령만 있다면 언제든 작전에 들어갈 준비를 하고 있었던 이들에게 이번 미국에서 전해진 테러 행위로 인해 세계 각국의 보안 경계가 강화되어 작전을 보류하게 되었다.

"미국에서 발생한 테러 때문에 작전을 중단시켰습니다."

"음⋯⋯."

작전을 중단시켰다는 관방장관의 말에 이토 총리는 신음을 흘렸다.

정말이지 생각만 해도 천불이 나는 일이었다.

참으로 좋은 시기를 놓치고 말았다.

사실 요즘 한일관계가 썩 좋은 분위기가 아니었다.

얼마 전 일본은 종전 기념일이었고, 또 한국은 일제 식민 통치에서 벗어난 광복절이었다.

이때, 이토 총리를 비롯한 내각의 장관은 물론이고, 모든 기관의 장들까지 야스쿠니를 참배했다.

이 때문에 한국과 중국에서 성명을 발표하기도 했지만, 일본은 신경도 쓰지 않았다.

매년 신년과 종전 기념일이면 각 정당 의원들이나 내각요인들이 전범들의 위패가 보셔진 야스쿠니를 찾았다.

주변국에서 이들의 전범에 대한 참배에 성토를 할 때면 일본은 바라보는 관점에 따라 타구에서는 그들이 전범일지 모르지만, 일본에는 조국을 지키기 위해 싸운 영웅이라는 말도 되지 않는 황당한 명분을 내세우며 주변국과 대립했다.

이번에도 그와 똑같은 일이 벌어진 것은 물론이고 독도— 다케시마—와 센카쿠 열도에 순시선을 보내 한국과 중국을 도발하기까지 했었다.

이 때문에 중국에선 또다시 일본 제품 불매 운동이 벌어졌다.

하지만 한국은 중국처럼 불매 운동까지는 아니지만, 언론과 시민단체에서 크게 떠들어 댔다.

만약 그 상태에서 관광객 테러와 치안이 불안정한 모습을 보인다면 냄비근성이 있는 한국인들은 분명 크게 일어나 자국정부를 성토할 것이다.

물론 일본 내에서도 시위가 일어날 것은 불을 보듯 빤했다.

자국민을 보호하지 못한 것에 대한 시위가 있을 것이지만, 그보다 더 큰 것은 반한시위일 것이다.

일부 한류에 빠져 허우적거리는 아줌마들이 문제가 있긴 하지만, 그건 일부일 뿐이다.

이토 총리는 이런 생각을 하다 미국에서 발생한 테러 때문에 자신의 계획이 늦춰진 것에 화가 났다.

"조속히 다시 프로젝트를 진행하라! 이 일은 절대로 늦춰져선 안 될 일이다. 우리, 대 일본국이 살 수 있는 방법은 이것뿐이다."

"하이!"

일본 총리관저에서는 이렇듯 생산적인 회의가 아닌, 동맹인 한국과 전쟁을 벌이기 위한 시나리오에 대한 모의가 진행이 되고 있었다.

참으로 인면수심의 인간 군상이 아닐 수 없었다.

미국은 아침 일찍부터 전해진 뉴스 때문에 혼란과 두려움에 빠졌다.

그 이유는 캘리포니아 오렌지카운티에서 발생한 테러의 범인들이 감옥에서 탈옥을 했기 때문이다.

다행이라면 탈출하던 중 범인 중 일부가 죽거나 부상을 당했기 때문이다.

하지만 뉴스에선 그들이 무척이나 위험한 존재들이니 가급적 외출을 삼가고, 혹시라도 그들을 보게 된다면 가까운 경찰서나 군부대에 연락을 하라는 이야기가 계속해서 송출이 되고 있어 미국인들의 불안감은 쉽게 가시지 않았다.

하지만 그들과 다르게 움직이는 이들이 있었다.

그들의 정체는 바로 성환과 조카 수진 그리고 그녀를 보호하던 KSS경호의 특별경호팀과 수진을 2년 동안 돌본 김진희였다.

이들은 오웬 일행들이 FBI 특수감옥을 탈출했다는 뉴스를 듣자마자 모든 일정을 취소하고 짐을 싸 한국행 비행기에 몸을 실었다.

하지만 동부인 워싱턴 D.C에서 바로 한국으로 가는 비행기가 없었다.

그 때문에 가장 빠르게 가는 노선을 이용하다 보니 워싱턴에서 LA로 가는 비행기를 타야만 했다.

성환 일행이 구입한 티켓은 아메리카 항공의 비행 티켓으로 일단 LA로 향했다가 그곳에서 한국으로 가는 비행기를 갈아타야 했다.

그렇게 장시간 비행기를 타고 LA에 도착한 성환 일행은 아직 자신들이 타야 할 비행기가 기상 악화로 아직 공항에 도착을 하지 않아 공항 로비에 대기를 하게 되었다.

"삼촌! 화장실 좀 다녀올게요."

"알았다. 진희랑 같이 다녀와라."

수진은 생리현상 때문에 성환에게 화장실을 다녀오겠다는 말을 하였다.

성환은 그런 수진에게 진희와 함께 갈 것을 당부했다.

하지만 뉴스에서 수진을 납치하려던 테러범들이 탈옥을 했다는 뉴스를 본 성환은 절대 그냥 보낼 수가 없었다.

비록 테러범들이 탈출한 워싱턴과는 수천 키로가 떨어진

LA에 있지만, 안심이 되지 않는 것은 마찬가지였다.

만약 수진이 여자가 아니라 남자만 되었어도 자신이 함께 갔을 것이지만, 현재 일행에는 수진을 제외한 여성이 진희뿐이라 진희에게 같이 가라는 부탁을 했다.

그렇지만 그런 성환의 말에 수진은 진희가 자신 때문에 휴식을 취하지 못하는 것이 무척이나 미안했다.

"아니에요. 언니 피곤할 텐데 그냥 여기 쉬고 계세요."

수진은 너무 미안해 그냥 혼자 다녀와도 된다는 말을 하였지만, 진희는 그런 수진을 보며 자신도 화장실에 볼일이 있다는 말로 그녀의 말을 막았다.

"아니야, 나도 화장 좀 고쳐야 하니 같이 가자!"

진희와 수진이 함께 화장실을 가자 고준희 과장이 자리에서 일어나 조용히 그들의 뒤를 따라갔다.

"저도 화장실 좀 다녀오겠습니다."

고준희 과장이 수진과 진희의 뒤를 따라가자 성환은 고개를 끄덕였다.

한국에 들어가기 전까지는 모두 이런 상태를 유지할 것이 분명했다.

자신들의 상관이 성환이 지금 가장 우선시하는 것이 무엇인지 잘 알고 있기 때문에 그 어느 때에도 수진에게서 눈을 떼지 않았다.

◆　　　◆　　　◆

　　급한 생리현상을 해결하고 나온 수진은 정말로 화장을 고
치고 있는 진희를 보며 무슨 생각인지 진희의 옆으로 다가갔
다.

　　"언니!"

　　"으, 응?"

　　진희는 갑자기 수진이 자신의 곁으로 다가와 큰 소리를 지
르자 화장을 하면서 반응을 보였다.

　　하지만 이미 수진이 다가오는 것을 알았기에 수진이 큰 소
리를 질렀지만, 별로 놀라지 않았다.

　　그런 진희의 반응에 수진은 코끝을 찡그렸다.

　　자신이 원하는 반응이 안 나왔기 때문이다.

　　그런 수진의 모습에 진희는 입가에 미소를 보이며 화장을
고치는 데 집중했다.

　　"볼일은 다 본 거야?"

　　"네, 그런데 언니는 누구에게 잘 보이려고 화장을 고쳐요?
평소에는 그런 것 신경도 쓰지 않더니?"

　　"어, 네가 누구에게 잘 보이다니, 아니야!"

　　갑작스런 수진의 질문에 당황한 진희는 말을 더듬으며 아
니라는 대답을 했다.

　　하지만 이미 그녀의 떨리는 목소리에서 눈치를 챈 수진은

조금 전 진희가 지었던 그 얄궂은 미소를 지으며 진희를 쳐다보았다.

도둑이 제 발 저리다 했던가?

진희는 말을 하지 않고 얄궂은 미소를 띠는 수진의 모습에 얼굴이 붉게 달아올랐다.

한편 수진은 그런 진희의 모습에 속으로 놀랐다.

'아니 그냥 한 말인데, 정말인가 보네? 도대체 누구지?'

정말로 수진은 진희의 당황한 모습에서 그녀의 마음을 가져간 남자가 누구일지 궁금해졌다.

하지만 입을 굳게 다물고 있는 진희의 모습에서 자신이 아무리 물어봐도 알려 줄 것 같지 않자 더 이상 그것에 관해선 묻지 않았다.

두 사람은 화장실에서 볼일을 모두 마치고 밖으로 나왔다.

"어?"

"어머!"

수진과 진희는 화장실을 나오다 화장실 밖에 고준희 과장이 서 있는 것을 보고 놀랐다.

"준희 아저씨 왜 여자 화장실 앞에서 계신 거예요?"

"내 일이다."

고준희는 수진이 왜 이곳에 서 있는 것인지 물어보자 자신의 일이라고 간단하게 대답을 했다.

하지만 이미 뭔가 눈치를 챈 수진은 슬쩍 진희를 돌아보았다.

그런데 고준희의 대답을 들은 진희의 표정이 뭔가 복잡한 표정을 하고 있었다.

뭔가 실망한 듯한 표정을 했다가 얼른 표정을 바꾸는 것을 확인했다.

'아하! 준희 아저씨였구나!'

수진은 진희가 누구에게 잘 보이려고 화장을 고쳤는지 단번에 알아냈다.

'에구, 진희 언니 무척 귀엽네!'

서른 살이나 된 김진희가 마치 소녀처럼 행동을 하는 모습이 너무도 귀엽게 느껴졌다.

"어서 가요."

하지만 수진은 자신이 두 사람의 관계를 눈치챘다는 것을 겉으로 표현하지 않고 그냥 담담하게 재촉했다.

진희는 그런 수진의 말을 듣고 언제까지 여자 화장실 앞에서 서 있을 수 없다는 생각에 앞서 가는 수진의 뒤를 따랐다.

그리고 두 사람의 뒤를 따라가는 고준희는 속으로 진희의 얼굴이 조금 전보다 더 예쁘다 생각했다.

'확실히 여자는 화장 빨이 크군! 뭐, 예쁘면 되지.'

화장 빨이라면서도 예쁘면 된다는 어처구니없는 생각을 하며 앞서 가는 두 여자를 쫓았다.

그런데 고준희는 몇 걸음 가지 않고 이상한 것을 목격했다.

'아니, 어떻게?'

수진과 진희를 경호하며 천천히 걸어가는 고준희의 눈에 4명의 사내가 지나가는 모습이 보였다.

그런데 그중 2명은 어디가 불편한지 걷는 폼이 무척이나 어색했다.

뿐만 아니라 여름의 끝물이라 해도 이곳은 공항 내부다.

그 때문에 밖의 날씨에 상관없이 공항 내부 온도는 일정하게 유지가 되고 있어 땀을 흘릴 정도는 아니었다.

하지만 자신이 보고 있는 남자들은 하나같이 사우나 안에 들어가 있는 것 마냥 땀을 흘리고 있었다.

더욱이 그들의 모습이 어디선가 본 듯한 외모였다.

'누구지? 어디서 많이 본 듯한 얼굴인데…….'

수진을 경호하기 위해 화장실까지 따라왔으니 일행이 있는 곳으로 갈 때도 수진을 잘 경호해서 데려가야 한다.

조금 신경이 쓰이지만 자신이 가장 우선해야 할 본분까지 잊은 것은 아니기에 고준희는 앞서 가는 수진과 일정한 간격을 두고 그녀의 뒤를 따랐다.

"다녀왔습니다."

"그래, 수고했다."

화장실을 다녀와서 보고를 한 고준희는 수진의 성환의 옆자리에 앉는 것을 확인하고 자리에서 물러났다.

하지만 곧 다시 성환의 앞으로 올 수밖에 없었다.

"앗!"

고준희는 갑자기 뭔가를 보고는 비명을 질렀다.

언제나 말없이 묵묵히 자신의 임무를 수행하는 고준희 과장이 많은 사람들이 붐비는 공항에서 이렇듯 반응을 한다는 것에 무슨 일인지 물었다.

"무슨 일이지?"

"그게 조금 전 저자들 중 일부를 본 것 같습니다."

"뭐?"

"아니, 그게 정말이야!"

고준희의 말에 주변에 있던 특별경호팀원들이 물었다.

그들이 보고 있던 것은 뉴스 속보였는데, 그곳에 자신들이 잡아 넘긴 테러범들의 모습이 비추고 있었다.

머그 샷(Mugshot)이 TV에 공개가 되고, 뿐만 아니라 변장을 했을 때의 모습까지 다양한 사진들이 TV에 나타났다.

그리고 그 사진들 속에 조금 전 화장실을 다녀오며 본 사내들의 모습이 그대로 담겨 있었다.

"방금 전 화장실을 다녀오면서 비슷한 자들을 봤습니다. 저들 중 4명의 모습이었는데, 2명은 몸에 상처를 입었는지 움직임이 부자연스러웠습니다. 그리고 또 다른 특징은 날씨와 상관없이 땀을 많이 흘리고 있었습니다. 참! 그리고 보니 그들의 안색도 창백한 것이 땀을 흘리는 이유가 날씨가 더워 그런 것은 아닌 듯했습니다."

고준희는 자신이 잠깐 본 그들의 모습을 상기하며 성환에게 자세히 설명을 했다.

한편 성환은 고준희의 말을 듣고 고민을 하기 시작했다.

'그자들을 다시 잡아 줘야 할까? 아니면……'

성환은 마음속으로 많은 생각을 했다.

이 세상에서 자신에게 가장 중요한 인물인 조카 수진을 납치하려던 테러범들이 탈출을 했는데, 자신의 근처에 모습을 보였다.

비록 정상적인 모습이 아니라 다시 납치를 시도하려는지 어쩌는지는 모르겠지만 아무튼 갈등이 되었다.

◆　　◆　　◆

공항을 빠져나오던 데이빗은 조금 전 자신들을 이상하게 쳐다보던 남자의 시선이 신경 쓰였다.

'설마 우리의 정체를 알아챈 것일까?'

왠지 찜찜한 기분이든 데이빗을 빠른 걸음으로 대장인 오웬과 합류하기 위해 움직였다.

"아무래도 안 되겠다. 느낌이 안 좋아! 신속하게 여길 빠져나간다."

"알았어! 우린 너무 걱정하지 말고 넌 먼저 가서 택시나 잡아!"

"그래, 내가 먼저 가서 차를 택시를 잡을 테니 넌 부커와 트럼블을 부축 좀 하고 와라!"

"OK!"

말을 마친 데이빗은 급히 공항 밖으로 나가 택시를 잡았다.

하루에도 수만 명이 드나드는 LA공항이다 보니 공항 밖 택시를 잡거나 공항 리무진을 타는 스테이션도 무척이나 복잡했다.

데이빗이 택시를 잡고 잠시 기다리니 클락이 부상을 당한 부커와 트럼블을 데리고 택시가 있는 곳으로 다가왔다.

이들이 택시를 타고 도착한 곳은 공항하고 그리 멀지 않은 모텔이었다.

데이빗과 동료들이 모텔에 들어서자 먼저 도착해 있던 오웬과 다른 동료들이 이들을 맞이했다.

혹시나 뭉쳐 다니면 눈에 띌 것을 우려해 이렇게 두 팀으로 나눠 이동을 했다.

"잘 왔다. 혹시 미행하는 사람은 없었나?"

오웬은 들어오는 부하들을 환영하며 혹시 미행은 없었는지 물었다.

그런 대장의 물음에 데이빗은 조금 전 공항에서 있었던 일에 대하여 설명했다.

"미행하는 사람은 없었지만 공항에서 조금 신경 쓰이는 일이 있었습니다."

"무슨?"

"그것이……."

데이빗은 공항을 나오기 전 자신들을 유심히 살피던 고준희에 관해 설명을 했다.

한참 그의 이야기를 듣던 오웬은 미간을 찌푸렸다.

자신들은 사람들의 관심을 끌면 안 되었다.

최대한 사람들의 시선을 피해야 하는데, 비록 붙잡지는 않았지만 누군가 자신들을 주시했다는 것이 신경이 쓰였다.

"다른 일은 없었나?"

"예, 그 외에 다른 일은 없었습니다."

오웬은 데이빗이 한참을 고민하다 그건 넘어가기로 했다.

어차피 지금 자신들은 변장을 하고 있어 전문가가 아니라면 알아보기 힘들었다.

하지만 자신들의 변장을 꿰뚫어 본 사람이 있다는 것은 알지 못했다.

"일단 그 일은 넘어가고 숀이 차를 구해 오면 안가로 바로 이동한다."

"알겠습니다."

간단하게 앞으로의 계획에 관해 이야기를 마친 오웬은 자리를 벗어났다.

자리를 벗어난 오웬은 모텔 밖으로 나가면서 부상을 입어 아직도 운신이 불편한 부커와 트럼블을 잠시 지켜보았다.

심각할 정도는 아니지만 지금 탈출 과정에서 사용한 각성제의 후유증에 시달리고 있는 그들까지 데려가는 것은 커다란 모험이었다.

사실 오웬이나 다른 부하들도 정상적인 컨디션은 아니었다.

3개월 정도 후유증을 다스리며 요양을 해야 하지만, 현재 자신들에게는 시간이 없었다.

최대한 빠른 시간에 흔적을 지우고 안가로 몸을 숨겨야 했다.

물론 안가라고 마냥 안전한 것은 아니었다.

그렇기에 부상당한 부커와 트럼블을 어떻게 할 것인지 고민을 하던 오웬은 CIA에서 자신들을 버렸는데, 자신까지 살기 위해 부하들을 버린다면 자신도 똑같은 놈이 되는 것이란 생각이 들었다.

'지금 내가 무슨 생각을 하는 거야! 우린 끝까지 함께 한다. 그리고…….'

잠깐이었지만 부정한 생각을 하던 것을 떨치고 부하들과 끝까지 함께할 것을 다짐했다.

그리고 다시 한 번 자신들을 버린 하워드 국장에 대한 복수를 맹세했다.

◈　　　◈　　　◈

성환은 고준희 과장에게서 이야기를 듣고 얼른 공항 밖으로 나갔다.

이야기를 듣고 급히 나온 것이라 금방 그들을 찾을 수 있었다.

고준희의 말대로 변장을 하고 있었지만 그들의 체향을 알고 있기에 성환은 고준희가 탈출한 그들을 발견했다는 것을 알 수 있었다.

'흠, 저들의 대장은 보이지 않는군!'

한참 주변을 살피며 그들의 동료가 있는지 살펴보았지만, 테러범들은 인원을 나눠 이동을 한 것인지 다른 테러범들의 모습은 보이지 않았다.

그렇게 살피던 성환의 눈에 테러범들이 택시를 타고 이동하는 것이 눈에 띄었다.

'어떻게 한다?'

어떻게 할 것인지 고민을 하던 성환은 저들을 따라갈 것인지, 아니면 그냥 이대로 자신이 타야 할 비행기를 기다릴 것인지, 그것도 아니면 신고를 할 것인지 고민했다.

한참 고민을 하던 성환은 저들을 그대로 보내는 것이 마땅치 않았다.

그래서 그들을 따라가 보기로 했다.

만약 저들의 우두머리를 만나게 된다면 단판을 짓기로 결정했다.

저들의 두목과 이야기를 해 보고 말이 통한다면 자신은 그냥 모르는 척 할 것이지만, 만약 또다시 자신의 주변을 얼쩡거린다면 그 자리에서 처리하기로 결심했다.

"택시!"

주변에 있는 택시를 부르고 앞서 출발한 테러범들이 탄 택시를 쫓아갔다.

테러범이 탄 택시는 공항에서 얼마 멀지 않은 모텔에 정차하였다.

캔디 모텔이란 커다란 간판이 있는 미국에 흔한 2층 구조의 모텔이었다.

성환은 택시비를 계산하고 테러범들이 들어간 모텔 방을 향해 걸어갔다.

그런데 성환이 방을 살피려고 할 때 테러범들이 있는 방문이 열렸다.

"앗!"

강심장인 성환도 이때만큼은 깜짝 놀랐다.

그들이 자신에게 별다른 위협이 되지 않는다고 하지만 이건 정말로 본능적으로 놀라 비명을 지른 것이다.

몰래 그들이 어떤 상태인지 감시를 하려 했는데, 방문이 열리면서 테러범과 눈이 마주쳤으니 놀라지 않는다면 그건 사람이 아니라 기계일 것이다.

한편 오웬도 모텔을 나서려다 문 앞에 모르는 사내가 서 있자 깜짝 놀랐다.

"무슨 일이지?"

자신도 모르게 무슨 일이냐는 질문을 한 오웬은 잠시 뒤 눈앞에 있는 동양인이 무척 낯이 익다는 생각이 들었다.

갑자기 테러범 우두머리의 질문을 받게 된 성환은 그의 질문에 뭐라 답을 해야 할지 고민을 하게 되었다.

이것은 순전이 계획에도 없던 일이라 순간적으로 답을 할 수가 없었다.

이렇게 두 사람은 느닷없는 순간에 마주하게 되었다.

그렇게 잠깐의 시간이 흐르고 먼저 말을 꺼낸 것은 성환이었다.

"일단 이야기를 하기로 하지!"

"너 누구야?!"

하지만 오웬은 성환의 정체가 궁금해졌다.

쫓기는 입장인 오웬은 이 상황이 마음에 들지 않았다.

그런 거친 오웬의 반응에 성환은 언제 당황했냐는 듯 침착하게 말을 꺼냈다.

"벌써 날 잊었나?"

성환의 느닷없는 질문에 오웬은 얼굴 가득 의문 부호를 떠올렸다.

'지금 이자는 무슨 소리를 하는 것이지?'

아직 자신을 기억해 내지 못하는 오웬을 보며 성환은 차분히 그를 밀치고 모텔 안으로 들어섰다.

한편 모르는 동양인이 자신들이 묵고 있는 모텔 방으로 들어서자 방 안에 있던 오웬의 부하들은 고개를 갸웃거렸다.

하지만 대장인 오웬도 아무런 말이 없기에 이들은 모두 침묵을 지켰다.

"와서 앉지, 그래야 이야기를 할 수 있을 테니."

너무도 당당한 성환의 태도에 오웬은 성환에 대한 생각을 접고 일단 그의 말을 들어 보기로 했다.

"다시 한 번 말하지, 네 정체가 뭐냐!"

오웬은 자신 앞에서 너무도 당당한 태도를 보이는 성환의 정체가 궁금해졌다.

비록 지금은 쫓기는 신세가 되었지만, 한때 세계를 상대로 작전을 수행하던 CIA 특작팀의 대장이었다.

오웬은 그동안 자신이 상대했던 그 누구보다 당당한 모습을 보이는 성환에게 약간의 호기심이 일었다.

상황만 아니라면 정말로 자세한 이야기를 해 보고 싶을 정도로 성환의 배창이 마음에 들었다.

그런 오웬의 질문에 성환은 입가에 비틀린 미소를 짓다 대답을 했다.

"기억력이 나쁜 편인가 보군! 바로 그제 있었던 일도 잊어버리다니."

"앗!"

"아니!"

성환의 말에 오웬은 물론이고 방 안에 있던 모든 사람들이 짤막한 비명을 지르며 자리에서 일어났다.

그제야 성환의 정체를 깨달은 것이다.

자신들의 계획을 실패하게 만든 장본인이며, 자신들의 타깃이던 남자가 바로 눈앞에 앉아 있으니 놀랄 수밖에 없었다.

"아니, 네가 여긴 어떻게 알고?"

"아아, 그것보다 내 질문에 먼저 답을 해 줘야겠어."

성환은 자신을 향해 경악을 하며 질문을 하는 오웬의 질문에 답을 하지 않고 자신의 말을 하였다.

사실 한 시간 뒤면 자신은 한국행 비행기를 타야 할 사람이다.

언제까지 여기서 시간을 허비할 수는 없었다.

그러했기에 성환은 자신의 궁금증을 해결하기 위해 질문을 했다.

"난 너희가 탈출을 했건 그런 것은 전혀 관심이 없어. 그러니 너희는 내 질문에 답을 해 주기만 하면 된다."

"음."

성환의 말에 오웬은 물론이고, 그의 부하들도 짧은 신음을 흘렸다.

말을 하는 성환에게서 감당하지 못할 기세를 느꼈기 때문이다.

보이지 않는 뭔가가 방 안의 공기를 짓누르고 있어 숨쉬기가 답답했다.

"너희들은 앞으로 어떻게 할 것이지? 이야기를 들어 보니 CIA에서도 너희를 버린 것 같던데?"

성환은 자신이 알고 있는 한도 내에서 이들이 어떻게 나올 것인지 물었다.

어젯밤, 백악관에서 대통령 가족들과 만찬을 즐기며 들었던 이야기에 관해 간략하게 들려주며 물었다.

그런 성환의 이야기를 들은 오웬과 그의 부하들은 심각한 표정을 지었다.

자신들의 현재 처지를 정확하게 알 수 있었기 때문이다.

자신들이 생각한 것보다 백악관이나 CIA에서 받아들이는 상황이 더욱 심각한 상태란 것을 알 수 있었다.

생각보다 자신들이 처한 상황이 무척 좋지 않다는 것을 깨달은 오웬은 그래도 이대로 포기할 수가 없었다.

비록 배신을 당했지만 미국이나 정부에 불만은 없었다.

다만 자신들을 헌신짝 버리듯 버린 CIA 국장 하워드가 죽도록 미울 뿐이다.

"나와 내 주변을 노리지 않는다면 난 너희에 관해 더 이상 신경 쓰지 않겠다."

"그게 정말인가? 정말로 우릴 신고하지 않겠다는 말인가?"

오웬은 성환의 말을 믿을 수가 없었다.

그는 정부가 자신들에게 대하여 현상금을 걸었다는 것을 잘 알고 있었다.

"너도 알고 있겠지만, 이 세상에 내게 남은 가족이라고는 조카 한 명뿐이다."

오웬은 성환의 이야기를 들으며 고개를 끄덕였다.

작전에 들어가기 전 하워드 국장이 넘겨준 성환에 대한 정보를 숙지하고 있었기 때문에 지금 그가 하는 말을 잘 알고 있다.

"내가 가진 능력은 너희가 상상하는 것보다 더 높은 곳에 있다. 하지만 아무리 그런 나라고 해도 내가 아닌 내 주변을 공격한다면 다 막아 낼 수가 없지."

성환은 자신의 생각을 아무런 가감 없이 오웬에게 설명을 했다.

자신을 건들이지 않는다면 자신도 신경 쓰지 않겠다고 말이다.

하지만 만약 자신의 말을 듣지 않고 신경 쓰이게 만든다면 그만한 대가를 치르게 만들겠다는 확고한 의지를 보였다.

"그러니 더 이상 날 건들지 말고 내버려 두기 바란다. 그나마 너희가 내게 직접적인 피해를 입히지 않았기에 이렇게 조용히 말로 하는 것이다."

말을 하면서도 성환은 목소리에 약간의 내공을 담아 이들에게 경고를 했다.

정말로 별다른 피해가 없었기에 그 정도에서 그친 것이지, 아니었다면 어떤 일이 벌어졌을지 상상에 맡긴다는 듯 말을 끝냈다.

한편 성환의 이야기를 모두 들은 오웬은 그제 있었던 일에 대하여 생각해 보았다.

아무런 기척도 없이 사라지는 부하들, 그리고 비무장인 상태에서도 총기를 휴대한 자신들을 제압한 성환의 능력을 기억한 오웬은 자신도 모르게 진저리를 쳤다.

아무리 약물로 강화된 자신들이라고 하지만 총에 맞으면 죽는다.

그런데 눈앞에 있는 남자는 총구가 자신을 겨냥하고 있을 때에도 어떤 흔들림이 보이지 않았다.

그리고 순식간에 자신들을 제압했다.

한참을 생각하던 오웬은 그러고 보니 타깃이었던 성환에 관한 내용 중 그가 거느렸던 집단에 관한 내용이 생각났다.

"한 가지만 물어봐도 되겠나?"

"뭐지?"

"내 부하들을 제압했던 당신의 부하들 말인데…… 그들은 어느 정도의 능력을 가지고 있는 것인가?"

오웬은 눈앞에 있는 남자는 도저히 자신들과 비교할 수 없는 열외의 존재로 치부하고 그의 밑에 있는 부하들에 관해 물어보았다.

왜? 무엇 때문에 그런 질문을 하게 되었는지는 오웬 자신도 몰랐지만, 그의 표정만은 무척이나 진지했다.

그런 오웬의 표정을 읽은 성환은 어떻게 말을 해 줄까, 고민을 했다.

한참을 생각하던 그에게 객관적으로 비교를 한 다음 그 차이를 들려주었다.

"너희가 아머슈트를 착용했다고 가정했을 때, 원거리 저격이라면 너희가 유리하고, 그렇지 않았을 때, 즉, 정면으로 마주한다면 내 부하들이 조금 더 유리하다."

성환의 이야기를 들은 오웬과 그의 부하들은 할 말을 잃었다.

눈앞에 있는 사람이야 이미 겪어 보았기에 열외로 친다 하지만, 그의 부하들까지 비슷한 능력을 가지고 있을 것이라고는 생각지 못했다.

"뿐만 아니라 미국 내에도 너희보다 뛰어난 이들이 있다."

"아니 그게 누구요? 우린 CIA에서 수십 년을 투자해 만든 강화인간들이오. 그런 우리들이 아머슈트를 착용한 상태일 때는 그 누구도 우리의 적이 될 수 없소! 뭐, 당신은 열외라 하지만……."

오웬은 성환의 하는 이야기를 듣다 반발하며 소리쳤다.

하지만 그런 오웬의 말에 성환은 모든 대상을 겪어 봤기에 객관적으로 답변할 수 있었다.

"너희가 뛰어난 전투 능력이 있고, 또 신형 아머슈트가 뛰어난 성능을 가지고 있다는 것은 잘 알고 있다. 상해에서 너희가 일본의 닌자들을 상대할 때 모두 지켜봤으니 말이다."

성환은 자신이 이들이 상해에서 일본의 내각정보국 소속 닌자들과 전투를 생각해 봤다.

그것에 대하여 이야기를 하며 자신이 주관적으로 평가를 하는 것이 아닌, 객관적으로 이들의 전투력에 관한 이야기를 하는 것이란 것을 밝혔다.

그런 성환의 말에 오웬은 할 말을 잊었다.

"그게 사실이란 말이지? 그럼 그게 어디란 말이오."

"그건 SOCOM 산하 특수부대다."

"SOCOM?"

"그래, 그들에게서 돈을 받고 내가 교육을 시켰지."

"헉!"

오웬도 SOCOM에 관해선 잘 알고 있었다.

자국 군에 소속된 특수부대들을 통합 운영하는 곳이 바로 SOCOM이었다.

그 안에는 델타포스나 네이비씰 등 다양한 특수부대들이 소속되어 있다.

뿐만 아니라 그들도 자신들이 지급받은 아머슈트와 비슷한 장비를 개발했다는 것도 알고 있다.

알려지진 않았지만 자신들과 비슷한 과정으로 양성된 특수부대도 있음을 잘 알고 있다.

그런데 눈앞의 괴물에게 훈련을 받은 이들도 있다는 말에 경악을 하지 않을 수가 없었다.

어떻게 전 세계의 정보를 다루는 집단 중 최고라는 CIA에서 그런 정보를 빠뜨릴 수 있는 것인지 알 수가 없었다.

"그게 정말이오?"

"그건 CIA에서 잘 알고 있을 것인데."

"젠장!"

오웬은 물론이고 그의 부하들은 성환의 대답을 듣자마자 격렬히 반응했다.

전혀 듣지 못한 정보였다.

작전에 들어가는 자신들에게 아무런 언질을 주지 않았다는 것은 말이 되지 않는 일이었다.

'아니, 그렇기에 이 사람을 납치하려고 했던 것인가? 이런 말도 안 되는……'

생각할수록 기가 막혔다.

만약 이 사람의 말이 사실이라면 처음부터 불가능한 작전인 것이었다.

자신들은 이 사람의 능력이나 그의 부하들이 가진 능력에 관해 전혀 듣지 못했다.

그저 특수한 능력자이니 납치해 오고, 반항하지 못하게 족쇄를 채우라는 의미로 그의 조카까지 납치하라는 지시를 받았다.

그런데 자신들이 작전에 실패를 하고 또 이렇게 쫓기는 것이 모두 CIA에서 잘못 판단해 벌어진 일이란 것을 알게 되면서 지금까지 가졌던 분노보다 더한 감정의 변화를 가지게 되었다.

"이야기 잘 들었소. 그런데……"

마을 하다 말고 잠시 주변에 있는 부하들을 쳐다본 오웬은 뭔가 결심을 한 듯 어금니를 깨물었다.

"하고 싶은 말이 있나?"

"혹시, 우리가 원한다면 우리를 받아들일 수 있겠소?"

"무슨 말이지?"

오웬의 황당한 말에 성환은 다시 물을 수밖에 없었다.

그런 성환의 질문에 오웬은 심각한 표정으로 대답을 했다.

"당신도 알겠지만 조국에 버림받고 조직에서도 우릴 죽이기 위해 청소부를 보냈소."

성환은 오웬이 하는 말에 깜짝 놀랐다.

풍문으로만 들어 보았지, 정말로 CIA에서 실패한 이들을 죽이기 위해 암살자를 보냈을 것이라고는 생각지 못했다.

그런데 오웬은 CIA에서 자신들을 죽이기 위해 청소부를 보냈다는 말을 꺼냈다.

"아무리 신분을 숨긴다고 해도 언젠가는 우리의 신분이 밝혀질 것이오. 이건 너무 억울하단 생각이 들어 하는 말이니 오해 없이 듣기 바라오. 우리가 당신 밑으로 들어간다고 해도 받아 줄 수 있느냐는 말이오."

오웬이 이야기를 모두 들은 성환은 기가 막혔다.

그제까지만 해도 적이었던 남자가 자신의 밑으로 들어오겠다는 제안을 한 것이다.

성환이 이런 생각을 하고 있을 때 오웬은 속으로 무척이나 초조했다.

이야기를 나눠 본 성환은 자신들이 생각한 것보다 더 대단한 사람이었다.

그가 가진 능력은 어느 정도인지 가늠할 길도 없었다.

그런데 성환도 오웬의 제안을 받고 생각하기 시작했다.

'흠, 썩 나쁘지 않은 제안이긴 한데, 이들을 받아들이는 것이 득일까? 실일까?'

솔직히 성환으로서는 이들을 받아들여도 또 받아들이지 않는다고 손해가 날 것은 없었다.

하지만 대한민국은 아니었다.

만약 이들을 성환이 받아들이고 한국으로 데려갔을 때, 이들이 한국에 있는 것이 미국에 알려진다면 한국으로써는 심각한 타격을 입을 수 있었다.

테러범을 숨겨 주었다는 오명을 피할 수 없기 때문이다.

그렇기에 아마도 자신이 받아들인다고 해도 국내로는 들어오긴 힘들 것이다.

이런 저런 생각을 하며 궁리하던 성환은 좋은 생각이 났다.

그건 바로 이들을 중국으로 보내는 것이었다.

중국에 마련한 실전 수련장에 이들을 숨기면 미국도 모를 것이란 생각이 들었다.

실전 수련장이 있는 주변은 이미 소림의 영향으로 철통같은 보안이 이루어지고 있었다.

사실 실소유주는 자신이지만, 겉으로 보이는 그곳의 소유주는 제남군구사령관이기 때문이다.

이런 생각을 모두 마친 성환은 오웬의 청을 들어주었다.

"좋아! 너희를 받아 주지, 하지만 내 밑에 있게 된다면 당분간 외부 활동은 전혀 할 수 없을 것이다."

"그건 저희도 동의합니다. 사실 현재 저희들의 상태가 정상이 아닙니다."

오웬은 성환의 말에 자신들의 상태에 관해 이야기를 해 주었다.

탈출을 하기 위해 각성제를 복용했고, 그것의 부작용으로 당분간 정상적인 활동이 불가능하다는 말을 했다.

"그런 것은 상관없어! 너희는 그런 약이 없어도 약을 쓴 것과 같은 능력을 발휘할 수 있을 정도로 훈련을 받을 것이다."

성환은 이들이 앞으로 받아야 할 훈련에 관해 설명을 했다.

참으로 아이러니하게 그제만 해도 적이었던 이들이 손을 잡고 함께하려고 하니 말이다.

한편 자신들의 대장과 괴물 같은 능력으로 자신들을 잡아 FBI에 넘겼던 사람이 손을 잡는 모습을 지켜보며 많은 생각을 했다.

조국과 자신들의 조직에 버림받긴 했지만, 새로운 보금자리를 가지게 되었고, 또 그곳의 수장이 자신들을 충분히 보호해 줄 수 있다는 생각이 들자 안도의 한숨을 쉬었다.

사실 성환이 방 안으로 들어올 때만 해도 이들은 모든 것이 끝났다는 생각을 했었다.

현재 자신들이 가진 무기라고는 숨기기 편한 권총 몇 자루뿐.

하지만 눈앞에 있는 남자는 기관총으로 무장했던 자신들을 제압했던 남자다.

그랬는데, 이제는 같은 배를 타게 되었다는 생각에 몸에 저절로 힘이 들어갔다.

〈『코리아갓파더』 제11권에서 계속〉

코리아갓파더

1판 1쇄 찍음 2014년 6월 13일
1판 1쇄 펴냄 2014년 6월 18일

지은이 | 정사부
펴낸이 | 정 필
펴낸곳 | 도서출판 **뿔미디어**

편집장 | 이재권
기획 · 편집 | 윤영상

출판등록 | 2002년 9월 11일 (제081-1-132호)
주소 | 경기도 부천시 원미구 상동로 117번길 49(상동) 503호 (우)420-861
전화 | 032)651-6513 / 팩스 032)651-6094
E-mail | bbulmedia@hanmail.net
홈페이지 | http://bbulmedia.com

값 8,000원

ISBN 979-11-315-1991-2 04810
ISBN 978-89-6775-518-8 04810 (세트)

www.bbulmedia.com